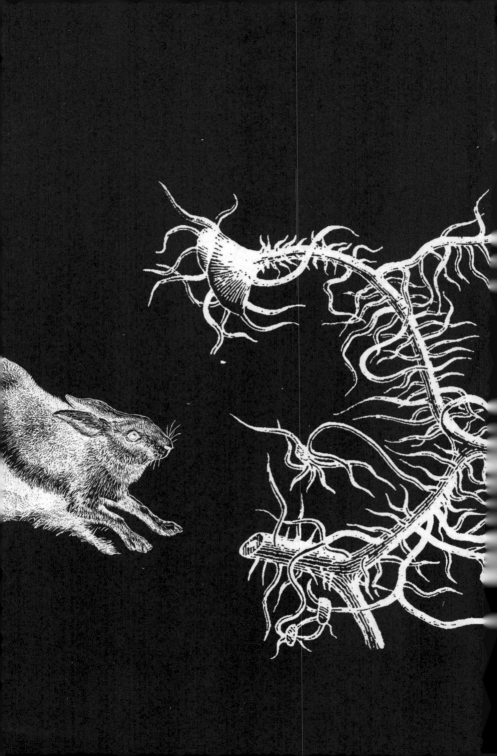

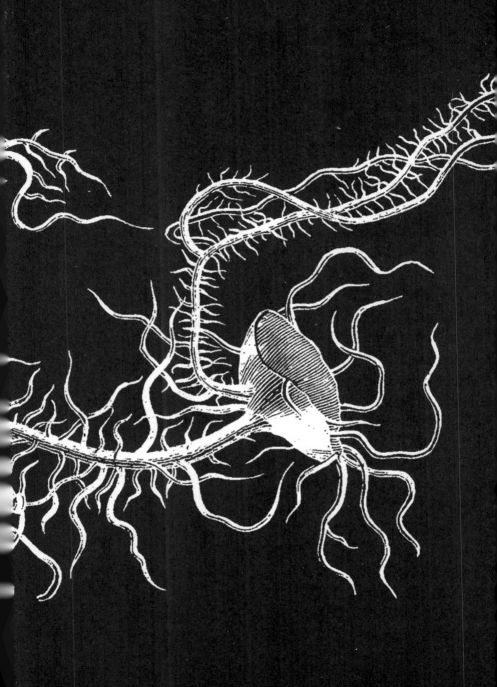

DARKLOVE.

WHAT MOVES THE DEAD
Copyright © T. Kingfisher, 2022.
Todos os direitos reservados.

Imagem da Capa © Christina Mrozik

Tradução para a língua portuguesa
© Flora Pinheiro, 2023

Diretor Editorial
Christiano Menezes

Diretor Comercial
Chico de Assis

Diretor de MKT e Operações
Mike Ribera

Diretora de Estratégia Editorial
Raquel Moritz

Gerente Comercial
Fernando Madeira

Coordenadora de Supply Chain
Janaina Ferreira

Gerente de Marca
Arthur Moraes

Gerente Editorial
Marcia Heloisa

Editora
Nilsen Silva

Capa e Proj. Gráfico
Retina 78

Coordenador de Arte
Eldon Oliveira

Coordenador de Diagramação
Sergio Chaves

Finalização
Sandro Tagliamento

Preparação
Monique D'Orazio

Revisão
Jéssica Reinaldo
Victoria Amorim
Retina Conteúdo

Impressão e Acabamento
Gráfica Santa Marta

DADOS INTERNACIONAIS DE CATALOGAÇÃO NA PUBLICAÇÃO (CIP)
Jéssica de Oliveira Molinari CRB-8/9852

Kingfisher, T.
    A queda da casa morta / T. Kingfisher ; tradução de Flora Pinheiro. — Rio de Janeiro : DarkSide Books, 2023.
    208 p.

    ISBN: 978-65-5598-335-7
    Título original: What Moves the Dead

    1. Ficção norte-americana l. Título ll. Pinheiro, Flora

23-5339   CDD 813

Índice para catálogo sistemático:
    1. Ficção norte-americana

[2023]
Todos os direitos desta edição reservados à
DarkSide® Entretenimento LTDA.
Rua General Roca, 935/504 — Tijuca
20521-071 — Rio de Janeiro — RJ — Brasil
www.darksidebooks.com

T. KINGFISHER

A QUEDA DA CASA MORTA

Tradução
Flora Pinheiro

DARKSIDE

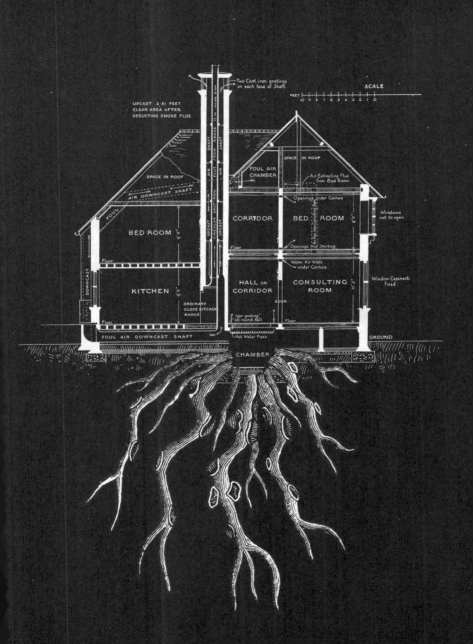

Este é para os Dorsai Irregulars,
que fariam Easton se sentir em casa.
Shai Dorsai!

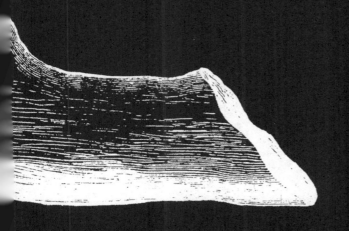

Capítulo 1

A QUEDA DA CASA MORTA

As lamelas do cogumelo eram da cor vermelho-escura de um músculo partido, o tom quase violeta que contrasta de forma tão grotesca com o rosa-pálido das vísceras. Eu o tinha visto diversas vezes em cervos mortos e soldados morrendo, mas era uma surpresa vê-lo ali.

Talvez aquilo não fosse tão perturbador se os cogumelos não se parecessem tanto com carne. Os píleos eram de um bege inchado e pegajoso, intumescidos contra as lamelas vermelhas. Brotavam nas frestas entre as pedras do lago como tumores em uma pele doente. Tive um forte impulso de me afastar, e um ímpeto ainda maior de cutucá-los com um pedaço de madeira.

Fiquei com uma leve culpa por interromper a viagem para desmontar e olhar cogumelos, porém sentia cansaço. Mais importante, meu cavalo precisava descansar. A carta de Madeline levara mais de uma semana para chegar a mim e, fosse qual fosse a urgência, cinco minutos não fariam diferença.

Hob, meu cavalo, pareceu grato pelo descanso, mas estava irritado com os nossos arredores. Olhou para a grama e depois para mim, indicando que aquela não era da qualidade à qual estava acostumado.

"Você poderia beber", sugeri. "Um pouco, talvez."

Olhamos para a água do lago. Jazia escura e estagnada, refletindo os cogumelos grotescos e os juncos cinzentos e flácidos ao longo da margem. Poderia ter um metro e meio de profundidade, ou quinze metros.

"Talvez não", falei. Descobri que também não estava com muita vontade de beber daquela água.

Hob suspirou, à maneira dos cavalos que julgam que o mundo não é de seu agrado, e deixou o olhar perder-se ao longe.

Avistei algo além do lago, em direção à casa, e suspirei também.

Não era uma visão promissora. Contemplei um velho solar sombrio, uma monstruosidade de pedra que até mesmo o homem mais rico da Europa teria dificuldade em manter. Uma ala inteira se desmoronara em uma pilha de pedra e vigas salientes. Madeline morava ali com o irmão gêmeo, Roderick Usher, que estava longe de ser o homem mais rico da Europa. Mesmo para os padrões modestos e antiquados de Ruravia, os Usher eram aristocraticamente depauperados. Para os padrões da nobreza do resto da Europa, eram pobres como Jó, e a casa mostrava essa condição.

Até onde eu podia ver, não havia jardins. Senti uma suave doçura no ar, provavelmente de algo florescendo na grama, mas não era o suficiente para dissipar a sensação sombria.

"Eu não encostaria nisso se fosse você", avisou uma voz atrás de mim.

Virei-me. Hob ergueu a cabeça, considerou a visitante tão decepcionante quanto a grama e o lago, e voltou a olhar para baixo.

Ela era, como diria minha mãe, "uma mulher de certa idade". Nesse caso, a idade era de uns sessenta anos. Usava botas masculinas e um traje de montaria que parecia mais antigo que a mansão.

Ela era alta e larga, e usava um chapéu gigantesco que a deixava ainda mais alta e mais larga. Carregava um caderno e uma grande mochila de couro.

"Perdão?", falei.

"O cogumelo", explicou, parando na minha frente. Seu sotaque era britânico, mas não londrino. De algum lugar do interior, talvez. "O cogumelo, jovem..." Ela fitou os broches militares na gola da minha jaqueta, e discerni um lampejo de reconhecimento em seu rosto: *Aha!*

Não, *reconhecimento* é o termo errado. *Classificação*, na verdade. Esperei para ver se ela encerraria a conversa ou continuaria.

"Eu não tocaria nele se fosse você, oficial", repetiu ela, apontando para o cogumelo.

Olhei para o pedaço de madeira em minha mão como se pertencesse a outra pessoa. "Ah, não? São venenosos?"

Seu rosto era elástico e maleável. Seus lábios se contraíram de forma dramática. "São lamelas-vermelhas-fedorentos. *A. foetida*, que não deve ser confundido com os *A. foetidissima*, mas isso não é muito provável nesta parte do mundo, é?"

"Não?", indaguei.

"Não. Os *foetidissima* são encontrados na África. Este é endêmico nesta parte da Europa. Não são exatamente venenosos, mas... bem..."

Ela estendeu a mão. Em confusão, entreguei o pedaço de madeira. Claramente uma naturalista. Sua tentativa de classificação agora fazia mais sentido para mim. Ela parecia ter concluído a categorização, colocando-me no clado correto, e as cortesias apropriadas agora podiam ser realizadas enquanto avançávamos para assuntos mais cruciais, como a taxonomia de cogumelos.

"Sugiro que segure o cavalo", disse ela. "E talvez o nariz." Enfiando a mão na mochila, ela pegou um lenço, levou-o ao nariz e, em seguida, deu uma batidinha no lamela-vermelha-fedorento com a ponta da vara.

Foi uma batidinha muito leve, mas, no mesmo instante, o píleo do cogumelo ganhou uma mancha do mesmo vermelho-violeta visceral exibido pelas lamelas. Um momento depois, fomos atingidos pelo cheiro indescritível de carne podre com uma cobertura de leite estragado e, por pior que pareça, um quê de pão saído do forno. O fedor eliminou qualquer aroma adocicado do ar e revirou o meu estômago.

Hob bufou e puxou as rédeas, mas não o culpei. "Ah!"

"E esse era pequeno", disse a mulher. "E ainda não estava totalmente maduro, graças aos céus. Os grandes dão um golpe de arrepiar os cabelos." Ela baixou o pedaço de madeira, segurando o lenço por cima da boca com a mão livre. "Daí o 'fedorento' do nome comum. A 'lamela-vermelha', acredito, é autoexplicativa."

"Terrível!", exclamei, cobrindo o rosto com o braço. "Você é micologista, então?"

Eu não conseguia ver sua boca através do lenço, mas as sobrancelhas se entortaram. "Apenas uma amadora, sinto dizer, como supostamente convém ao meu sexo."

Cada palavra foi uma dentada, e nós trocamos um olhar de compreensão cautelosa. Pelo que me disseram, não há soldados juramentados na Inglaterra, e mesmo que existissem, ela poderia ter escolhido outro caminho. Não era da minha conta, assim como nada sobre mim era da dela. Todos nós abrimos o nosso próprio caminho no mundo. Ou não. Ainda assim, eu conseguia supor a forma de alguns dos obstáculos que ela havia enfrentado.

"Profissionalmente, sou ilustradora", disse ela, com firmeza. "Mas o estudo dos fungos me intrigou a vida toda."

"E a trouxe até aqui?"

"Ah!" Ela gesticulou com o lenço. "Não sei o quanto sabe sobre fungos, mas este lugar é extraordinário! Tantos tipos inusitados! Encontrei boletos que até então eram desconhecidos fora da Itália e um *Amanita* que parece ser novo. Quando terminar meus desenhos, amadores ou não, a Sociedade de Micologia não terá escolha a não ser reconhecê-los."

"E como vai chamá-lo?", perguntei. Adoro as paixões obscuras, por mais inusitadas que sejam. Durante a guerra, uma vez me escondi na cabana de um pastor, esperando ouvir o inimigo subir a encosta, quando o pastor se lançou em uma diatribe apaixonada e detalhada sobre a criação de ovelhas. O discurso rivalizava com qualquer sermão que eu já tinha ouvido na vida. No fim, eu estava assentindo com a cabeça, favorável a começar uma cruzada contra todos os rebanhos fracos e reproduzidos sem cuidados, propensos a diarreia e larvas de moscas, que sobrepujavam com seus números as ovelhas honestas do mundo.

"Vermes!", bradara ele, balançando o dedo para mim. "Larvas e mijo nas dobras dos seus traseiros!"

Penso nele com frequência.

"Vou chamá-lo de *A. potteri*", disse minha nova conhecida, que felizmente não sabia para onde meus pensamentos estavam rumando. "Eu me chamo Eugenia Potter, e terei meu nome gravado nos livros da Sociedade de Micologia, quer eles queiram, quer não."

"Acredito em você", respondi em tom sério. "Sou Alex Easton." Fiz uma reverência.

Ela assentiu. Um espírito inferior talvez sentisse vergonha por anunciar suas paixões em voz alta daquela maneira, mas via-se que a srta. Potter não tinha tais fraquezas — ou talvez apenas presumisse que qualquer um reconheceria a importância de deixar sua marca nos anais da micologia.

"Esses lamelas-vermelhas-fedorentos", comecei, "eles não são novos para a ciência?"

Ela balançou a cabeça. "Registrados anos atrás", disse. "Desta mesma área do campo, acredito eu, ou uma próxima. Os Usher foram grandes apoiadores das artes há muito tempo, e um deles encomendou um trabalho botânico. Principalmente de *flores*." Seu desprezo era um deleite de se ouvir. "Mas de alguns cogumelos também. E nem mesmo um botânico ignoraria o *A. foetida*. No entanto, sinto dizer que não sei seu nome comum em galaciano."

"Talvez não tenha um." Se você nunca conheceu um galaciano, a primeira coisa que deve saber é que a Galácia é o lar de um povo teimoso, orgulhoso e ferino, mas que também são os piores guerreiros. Meus ancestrais vagaram pela Europa, provocando conflitos e sendo derrotados por praticamente todos os outros povos que encontravam. Por fim, estabeleceram-se na Galácia, terra perto da Moldávia, mas ainda menor. Imagina-se que se fixaram lá porque ninguém mais queria o território. O Império Otomano nem se deu o trabalho de nos tornar um Estado vassalo, o que já diz muito. É frio e pobre e, se a pessoa não morrer de fome ou em uma queda em um buraco, acaba sendo devorada por um lobo. A única vantagem é que não somos invadidos com frequência, ou pelo menos não éramos, até a última guerra.

No decorrer de toda essa perambulação e dessas lutas perdidas, desenvolvemos nossa própria linguagem: o galaciano. Segundo me dizem, é pior do que o finlandês, e isso é impressionante. Toda vez que perdíamos um conflito, saíamos com mais algumas palavras emprestadas de nossos inimigos. O resultado é uma língua muitíssimo idiossincrática. (Temos sete conjuntos de pronomes, por exemplo, um dos quais é usado para objetos inanimados e outro usado apenas para Deus. Deve ser um milagre não termos um apenas para cogumelos.)

A srta. Potter assentiu. "Aquela é a casa dos Usher, do outro lado do lago, caso tenha despertado sua curiosidade."

"Na verdade, é para onde estou indo", disse eu. "Madeline Usher é uma amiga da minha juventude."

"Ah", disse a srta. Potter, parecendo hesitar pela primeira vez, e então desviou o olhar. "Ouvi dizer que ela está muito doente. Sinto muito."

"Já faz alguns anos", falei, instintivamente tocando o bolso com a carta de Madeline.

"Talvez não seja tão ruim quanto dizem", comentou ela, esforçando-se para adotar um tom animador. "Sabe como as más notícias correm pelas aldeias. Se você espirrar ao meio-dia, ao pôr do sol o coveiro já vem tirar suas medidas."

"Sempre há esperança." Olhei de novo para o lago. Um vento fraco provocou ondulações que tocaram as margens. Enquanto observávamos, uma pedra caiu de algum lugar da casa e mergulhou na água. Até o respingo soou abafado.

Eugenia Potter se sacudiu. "Bem, tenho que desenhar. Boa sorte para você, Oficial Easton."

"E para a senhorita também, srta. Potter. Aguardarei notícias de seu *Amanitas*."

Seus lábios se contraíram. "Se não o *Amanitas*, tenho grandes esperanças para alguns desses boletos." Ela acenou para mim e saiu pelo campo, deixando pegadas de botas na grama úmida.

Conduzi Hob de volta à estrada que margeava o lago. Era uma paisagem sem alegria, mesmo que o fim da jornada se aproximasse. Havia mais juncos pálidos e algumas árvores mortas, cinzentas e deterioradas demais para serem identificadas. (A srta. Potter devia saber o que eram, embora eu jamais fosse lhe pedir para se rebaixar a identificar uma mera vegetação.) Musgos cobriam as beiradas

das pedras, e mais lamelas-vermelhas-fedorentos eclodiam em pequenos aglomerados obscenos. A casa se encurvava acima disso tudo, como o maior dos cogumelos.

Meu tinido escolheu esse momento para atacar, e um gemido agudo ecoou em meus ouvidos e encobriu até mesmo o gorgolejar suave da água na margem. Parei e esperei passar. Não é perigoso, mas às vezes prejudica um pouco meu equilíbrio, e eu não queria correr o risco de tropeçar e cair no lago. Hob está acostumado e esperou com o ar estoico de um mártir sob tortura.

Infelizmente, enquanto meus ouvidos se aquietavam, fiquei sem nada para olhar além da construção. Deus, era uma cena deprimente.

É um clichê dizer que as janelas de um prédio parecem olhos, porque os humanos encontram rostos em qualquer lugar e, é claro, as janelas seriam os olhos. A casa de Usher tinha dezenas de olhos, então ou eram muitos rostos alinhados ou era o rosto de alguma criatura pertencente a outra ordem de vida — uma aranha, talvez, com fileiras de olhos ao longo da cabeça.

Não sou, em geral, uma alma imaginativa. Coloque-me na casa mais assombrada da Europa por uma noite e dormirei profundamente, acordando na manhã seguinte com um bom apetite. Falta-me qualquer sensibilidade mediúnica. Os animais gostam de mim, mas imagino que às vezes devam me achar decepcionante, pois encaram e se contorcem diante de espíritos invisíveis enquanto digo banalidades como "Quem é um bom camarada?" e "A gatinha quer um petisco?". (Ora, se você não faz papel de bobo com animais, nem mesmo quando está a sós, não é uma pessoa confiável. Essa era uma das máximas do meu pai, e até hoje ainda não me falhou.)

Dada essa falta de imaginação, talvez você me perdoe quando digo que ver o lugar era como estar de ressaca.

O que havia de tão deprimente na casa e no lago? Campos de batalha são sombrios, é claro, mas ninguém questiona o porquê. Esse era apenas mais um lago sombrio, com uma casa sombria e algumas plantas sombrias. Não deveria ter afetado meu espírito com tanta força.

Sim, é bem verdade que todas as plantas pareciam mortas ou moribundas. Sim, as janelas da casa olhavam para baixo como órbitas vazias em uma fileira de crânios, mas e daí? Fileiras de crânios reais não me afetariam tanto. Conheci um colecionador em Paris... bem, não importam os detalhes. Era a mais gentil das almas, embora colecionasse coisas bastante estranhas; botava chapéus festivos em seus crânios, dependendo da estação, e todos pareciam bastante alegres.

A casa de Usher exigiria mais do que chapéus festivos. Montei em Hob e o coloquei em movimento, para chegar logo à casa e deixar a cena para trás.

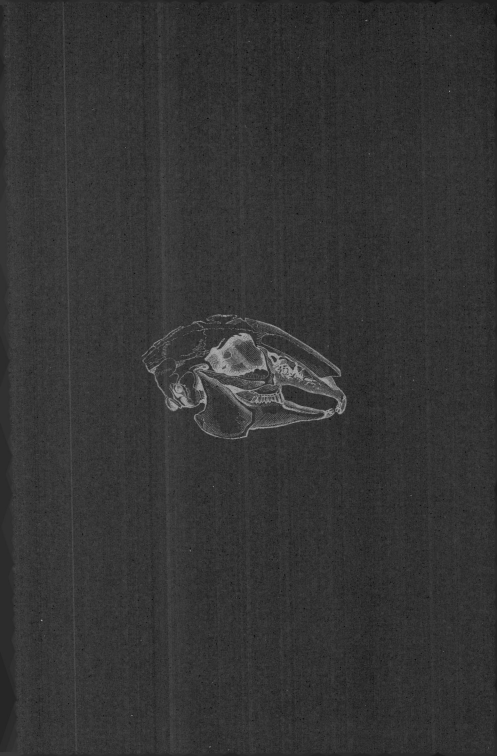

Capítulo 2

A QUEDA DA CASA MORTA

Demorei mais que o esperado para chegar à casa. A paisagem era enganosa, como aquelas onde você parece estar a apenas algumas centenas de metros de distância, porém, depois de abrir caminho pelas cavidades e rugosidades do solo, descobre que levou quinze minutos para chegar ao destino. Terrenos como esse salvaram minha vida diversas vezes na guerra, mas ainda não gosto deles. Sempre parecem estar escondendo algo.

Neste caso, a paisagem não escondia nada além de uma lebre, que olhou para mim e Hob com enormes olhos alaranjados enquanto passávamos. Hob a ignorou. Lebres não são dignas dele.

Para chegar à casa era preciso cruzar um pequeno passadiço sobre o lago, do qual Hob gostou tão pouco quanto eu. Desmontei para conduzi-lo pelo caminho. A ponte parecia robusta o suficiente, mas a paisagem em geral era tão decrépita que me peguei evitando depositar todo o peso no chão enquanto a atravessava, por mais absurdo que isso possa parecer. Hob lançou-me o olhar que sempre lança quando lhe peço para fazer algo que considera excessivo, mas seguiu adiante. O bater de seus cascos soou curiosamente oco, como se abafado por lã.

Não havia ninguém à minha espera. O passadiço levava a um pátio raso, afastado do resto da construção. De ambos os lados, as paredes mergulhavam diretamente no lago, com apenas uma ou outra varanda para interromper as linhas. A porta de entrada era gótica, sem dúvida, literal e figurativamente. Ela era uma grande monstruosidade em um arco pontiagudo, e teria sido comum em qualquer catedral de Praga.

Segurei a grande aldrava de ferro na mão e bati na porta. O barulho foi tão alto que recuei, quase esperando que a casa inteira desmoronasse com a vibração.

Não houve resposta por vários minutos. Comecei a me sentir desconfortável... Madeline não poderia ter morrido desde que recebi sua carta, certo? Estaria a família no funeral? (O que apenas serve para mostrar como o maldito lugar afetava meus nervos. Eu normalmente não pularia direto para *funeral* como o primeiro palpite.)

Após um tempo, depois de eu ter perdido a esperança e estar olhando para a aldrava da porta ao me perguntar se deveria tentar outra vez, a porta se abriu. Um criado idoso espiou pela abertura e me encarou. Não era um olhar insolente, estava mais para intrigado, como se eu não fosse apenas uma surpresa, mas estivesse completamente fora de sua experiência.

"Olá?", cumprimentei.

"Posso ajudar?", disse o criado ao mesmo tempo.

Ficamos em silêncio, então tentei de novo. "Os Usher são meus amigos."

O criado assentiu com seriedade diante dessa informação. Aguardei, meio esperando que ele fosse fechar a porta outra vez, mas depois de um bom tempo, por fim, disse: "Gostaria de entrar?".

"Sim", respondi, ciente de que estava mentindo. Não queria entrar naquela casa desgastada, coberta de fungos e olhos arquitetônicos. Mas Madeline me convocara, e ali estava eu. "Há alguém disponível para cuidar do meu cavalo?"

"Se quiser entrar, posso mandar o menino cuidar do animal." Ele abriu a porta, mas não muito. Uma faixa de luz cinzenta adentrou a escuridão do interior, sem iluminar muita coisa. Segui pela luz, com minha sombra marchando à frente, e então o criado fechou a porta e eu parei na escuridão.

Por mais pesada que fosse a paisagem do lado de fora, estava iluminada como uma cidade em chamas em comparação ao interior da casa. Meus olhos levaram um momento para se adaptar. Então houve um riscar de fósforos, e o criado acendeu um conjunto de velas na mesinha ao lado da porta. Entregou-me uma, como se fosse normal a casa estar tão escura no meio do dia.

"Easton?" A voz era familiar, embora seu dono estivesse nas sombras do corredor. "Easton, o que *você* está fazendo aqui?"

Eu me virei para encarar o dono da voz enquanto ele dava um passo à frente. Sob a luz bruxuleante da vela, vi meu velho amigo Roderick Usher. Fora um amigo de minha juventude e, por um acidente do destino, estivera sob meu comando na guerra. Eu conhecia seu rosto tão bem quanto o meu.

E, juro, se não tivesse ouvido sua voz, não o teria reconhecido.

A pele de Roderick Usher parecia feita de ossos: era branca e tinha um subtom amarelado, uma cor horrenda, como a de alguém entrando em choque. Seus olhos haviam afundado nas cavidades profundas e azuladas, e se havia um pouquinho de carne sobrando nas bochechas, eu não conseguia ver.

Porém, o pior de tudo era o cabelo. Flutuava no ar como seda de aranha, e tentei me convencer de que era a luz das velas que o fazia parecer branco em vez de loiro. Agora os fios eram apenas mechas esvoaçantes, como fiapos de neblina, pairando feito uma auréola ao redor de sua cabeça. Era o cabelo dos muito jovens e dos muito velhos. Inquietava-me vê-lo em um homem um ano mais novo que eu.

Tanto Roderick quanto Madeline sempre tinham sido bastante pálidos, mesmo quando éramos crianças. Mais tarde, na guerra, era certo que a pele de Roderick queimaria em vez de bronzear. Ambos tinham olhos grandes e líquidos, do tipo que os poetas chamam de olhos de corça, embora esses poetas nunca tenham caçado cervos, porque nenhum dos Usher tinha pupilas elípticas gigantescas e ambos tinham a parte branca funcional ao redor. Na verdade, eu podia ver até demais o branco dos olhos de Roderick. Eles ardiam febris em um rosto anormalmente lívido.

"Usher, você parece ter sido arrastado de bunda pelo inferno", declarei.

Ele abafou o riso e mergulhou o rosto nas mãos. "Easton", repetiu, e quando levantou a cabeça, sua expressão trazia um pouco mais do Roderick que eu conhecia. "Meu Deus, Easton. Você não faz ideia."

"Você vai ter que me contar", falei. Coloquei um braço em volta de seus ombros e bati contra ele. Não havia carne em seus ossos. Ele sempre fora magrelo, mas agora era diferente. Eu podia sentir cada costela. Se Hob algum dia tivesse esse aspecto, eu desafiaria o mestre dos estábulos a um duelo ao amanhecer. "Meu Deus, Roderick, eu não espero muito de sua cozinha se deixam você desse jeito."

Ele se apoiou em mim por um momento, então se endireitou e deu um passo para trás. "Por que você veio?"

"Maddy me mandou uma carta dizendo que estava doente..." Eu parei. Não queria dizer que Maddy escrevera que Roderick achava que ela estava morrendo. Era uma declaração muito direta, e ele parecia arrasado.

"Mandou?" Seus olhos mostraram ainda mais o branco dos cantos. "O que ela disse?"

"Só que você estava preocupado com a saúde dela." Quando Roderick me olhou, tentei deixar a situação mais leve. "Também falou da antiga paixão não correspondida que nutria por mim, é claro. Então, é claro, vim arrebatá-la e levá-la para morar no meu enorme castelo na Galácia."

"Não", disse Roderick, ignorando minha porca tentativa de fazer graça, "não, ela não pode sair daqui."

"Foi uma piada, Roderick." Gesticulei com a vela. "Foi a preocupação, só isso. Você quer ficar parado aqui no corredor? Passei o dia no lombo do cavalo."

"Ah, sim. Sim, claro." Ele correu a mão pela testa. "Desculpe, Easton. Faz tanto tempo que não recebo visitas que esqueci meus bons modos. Minha mãe se envergonharia." Ele se virou, gesticulando para que eu o seguisse.

Nenhum dos corredores estava iluminado e todos estavam frios. A falta de luz não parecia incomodar Roderick. Apertei o passo para acompanhá-lo, mesmo com a vela. O chão parecia preto na penumbra; vislumbrei tapeçarias esfarrapadas nas paredes e entalhes no teto que tinham a mesma estética gótica da porta.

Entramos em uma ala mais nova do prédio e relaxei um pouco. Em vez de tapeçarias, havia paredes com painéis, e até mesmo, em alguns casos, papel de parede. Este se encontrava em más condições, com bolhas e inchado graças à umidade, mas pelo menos eu não me sentia caminhando por uma cripta antiga. Pouquíssimas criptas antigas têm pastoras roliças e ovelhas saltitantes nas paredes. O que considero um descuido.

Por fim, chegamos a uma porta sob a qual saía luz. Roderick abriu-a, e vi uma sala com uma lareira de verdade. Embora as janelas estivessem cobertas por cortinas roídas por traças, um pouco de luz vazava pelos cantos.

Havia vários sofás perto da lareira, e levei meu segundo choque do dia, pois Madeline jazia reclinada em um deles.

Repousava envolta em vestidos e cobertores, então não pude ver se estava tão magra quanto Roderick, mas seu rosto era tão fino que eu quase enxergava os ossos sob a pele. Seus lábios estavam tingidos de violeta, como os de uma mulher se afogando. Enquanto eu tentava me convencer de que se tratava de algum cosmético mal escolhido, ela estendeu a mão como uma garra de pássaro, e vi que suas unhas tinham o mesmo tom violeta-cianótico.

"Maddy", cumprimentei, pegando sua mão. Graças a Deus por passarem tanto tempo incutindo bons modos em oficiais, porque foi só o reflexo que fez eu me curvar por cima de seu pulso e dizer, em um tom de voz quase normal: "Faz tanto tempo".

"Você não envelheceu um dia", disse ela. Sua voz saiu fraca, mas ainda era a Maddy de quem eu me lembrava.

"Você está ainda mais bonita", elogiei.

"E você aprendeu a mentir de cara lavada", disse ela, mas sorriu, e um pouco de cor surgiu em suas bochechas.

Soltei sua mão, e Roderick apontou para a outra pessoa na sala, que eu mal tinha notado por conta do meu susto com Maddy. "Posso apresentar meu amigo James Denton?"

Denton era um homem alto e esguio, com cabelos grisalhos e provavelmente quase cinquenta anos, se já não os tinha. Vestia-se como se suas roupas fossem mesmo roupas, não símbolos de sua posição, e seu bigode era longo demais para estar na moda.

"Como vai?", disse Denton.

Ah. Americano. Isso explicava a vestimenta e a maneira como estava parado: de pé, as pernas abertas e os cotovelos afastados, como se pudesse ocupar muito mais espaço do que de fato havia disponível. (Nunca sei bem o que pensar dos americanos. Sua ousadia pode ser encantadora, mas logo quando decido que gosto deles, encontro um que eu desejaria que voltasse para a América e continuasse seguindo em frente até cair no mar do outro lado.)

"Denton, apresento-lhe tenente Easton, uma amizade de minha irmã e, mais recentemente, integrante dos Terceiros Hussardos."

"É um prazer, senhor", cumprimentei.

Ofereci a mão a Denton, porque os americanos tentarão cumprimentar até o braço de uma poltrona se você não os impedir. Ele a apertou de forma automática, e então ficou me encarando, ainda segurando meus dedos, até que eu os deixei cair.

Eu conhecia aquele olhar, é claro. Outro rótulo, embora não tão generoso quanto o da srta. Potter.

Os americanos, até onde sei, não têm juramentados, mas pude concluir que têm periódicos muito melodramáticos. Denton devia ter imaginado que um soldado juramentado seria uma amazona de dois metros de altura com um peito decepado e um harém de homens oprimidos sob seu jugo.

É provável que não esperasse uma pessoa baixa e robusta em um sobretudo empoeirado e um corte de cabelo militar. Não me dou mais ao trabalho de prender os seios com uma faixa, mas nunca tive muito com o que me preocupar nesse sentido, e meu bagageiro cuida para que minhas roupas sejam ajustadas ao estilo militar adequado.

Denton não era um grande pensador social, suponho, ou talvez estivesse pensando nos periódicos. Eu conseguia ver Roderick ao seu lado, preparando-se para o caso de seu convidado cometer uma gafe séria. Levou um momento para Denton pigarrear e dizer: "Tenente Easton, é um prazer. Peço desculpas, meu país não participou da última guerra, então infelizmente não tive o privilégio de servir ao lado de seus compatriotas".

"Afortunada América", ironizei. "O exército galaciano... bem, somos o suficiente para encher um regimento, se você não olhar muito de perto. Pedi dispensa quando ficou óbvio que estavam mais interessados em encher os gordos cofres privados dos nobres do que em reconstruir as tropas. E agora *eu* terei que pedir desculpas, sir Roderick e Maddy, por falar mal de seus pares!"

Roderick riu com um discreto excesso de alívio, e eu peguei o copo de destilado que seu criado me entregava.

"Eu perdoaria de bom grado", disse ele, "se houvesse algo para perdoar. O que aconteceu lá foi um grande crime, e sou grato por você ainda se relacionar com pessoas da nossa estirpe."

"E como não me relacionaria?", indaguei, saudando Madeline com dois dedos na borda do copo. "Mas qual é o problema sobre o qual você escreveu?"

O rubor de Maddy já tinha começado a desaparecer, e a pergunta expulsou os últimos vestígios corados de suas bochechas, até que ela também ficou branca como osso. "Talvez possamos falar sobre isso mais tarde", murmurou, olhando para as mãos.

"Sim, claro", falei. "Quando quiser."

Denton olhou do rosto dela para o meu, e de volta para ela. Era possível ver as engrenagens funcionando em sua cabeça, tentando determinar meu relacionamento com a irmã de seu amigo. Era um pouco divertido e ofensivo ao mesmo tempo.

No geral, eu preferia a classificação rápida de Eugenia Potter. De certa forma, é revigorante receber tratamento semelhante ao de um fungo, embora eu talvez mudasse de ideia se ela insistisse em coletar impressões de meus esporos ou em ver de qual cor eu ficaria se me machucassem.

"Estou cansada", disse Madeline, de repente. Roderick se levantou de um pulo e a ajudou a ir até a porta e, ao vê-los juntos, pensei de novo em como tinham se deteriorado. Madeline fora uma menina esbelta e pequena de cabelos claros, mas parecia ter envelhecido quarenta anos, embora eu soubesse que tinha menos de vinte. Roderick tinha envelhecido melhor, exceto pelos cabelos. Seus modos é que o denunciavam. Madeline se movia devagar, como uma inválida, mas Roderick estava tomado por uma energia nervosa e trêmula. Não conseguia manter os dedos parados, tamborilando inquieto o braço do roupão dela, como se tocasse um instrumento musical. Ele virou a cabeça várias vezes para o lado, como se estivesse tentando ouvir alguma coisa, mas não havia qualquer som que eu pudesse distinguir.

Eu não saberia dizer, enquanto ambos se moviam em direção à porta, quem estava apoiando quem.

Passara-se apenas um momento quando Denton disse, baixinho: "Chocante, não é?".

Lancei um olhar severo para ele. "Está tudo bem", continuou, inclinando-se para a frente. "O quarto dela fica bem longe. Temos um pouco de tempo."

"Gostaria que ficasse mais perto, para que ela não tivesse que andar tanto", falei. "Ela não está bem."

"Nenhum dos dois está", replicou Denton. "Mas há apenas alguns quartos neste casarão que podem ser aquecidos."

Isso eu entendia. Minha mente se voltou para minha casa de infância, minha mãe nervosa com o preço do carvão, os quartos semifechados com lençóis para reter o calor.

"Não vejo Roderick há... ah, quatro ou cinco anos, eu acho", comentou Denton. "Não sei quanto tempo faz para você..."

"Mais", afirmei, olhando para a minha bebida. O âmbar rodou à luz do fogo, e resisti ao impulso de ir apagar a lareira para economizar madeira. Isso só feriria o orgulho de Roderick.

Fazia tempo demais desde que eu vira qualquer um dos dois pela última vez. Na Galácia, moravam perto de mim, com a mãe, que sempre se recusara a morar na casa de seus ancestrais. Agora, tendo visto o lugar, admirei-me por ela ter passado tempo suficiente aqui para engravidar. Talvez tivesse acontecido durante a lua de mel, quando deu uma olhada na casa e fugiu. Desde que Roderick a herdara, eu não os via.

"Então, vou lhe dizer, esse é um quadro recente", disse Denton. "Ele sempre foi magro, mas não *assim*."

"O cabelo", murmurei. "Lembro-me de ser claro, como o da irmã, mas..."

Denton balançou a cabeça. "Não assim", repetiu ele. "Achei que talvez fosse uma doença nutricional, mas vi as refeições dele... são escassas, mas não prejudiciais à saúde."

"Talvez algo ambiental? Este lugar..." Fiz um gesto vago com a mão livre, mas estava pensando mesmo no lago, naquela água escura e no fungo fedorento. "Acho que pode muito bem deixar qualquer um doente."

Denton assentiu. "Sugeri que ele fosse embora, mas a srta. Usher não pode viajar. E ele não partirá enquanto ela viver."

Empertiguei-me na cadeira. "A carta dizia que Roderick acha que ela está morrendo."

"Você não acha?"

Esvaziei o copo e Denton tornou a enchê-lo. "Estou aqui há pouco mais de uma hora. Ainda não sei o que pensar." No entanto, ver Madeline me chocou. *Morrendo*. Sim. Parecia morte.

Eu não sabia como lidar com esse tipo de morte, essa que vem lenta e inevitável, não abrupta. Sou militar, lido com balas de canhão e tiros de fuzil. Entendo como um ferimento pode apodrecer e matar um soldado, mas ainda assim há o ferimento inicial, algo que pode ser evitado com um pouco de habilidade e muita sorte. A morte que apenas vem e se instala não é algo com o que eu tenha qualquer experiência. Balancei a cabeça. "Ele mencionou algo sobre a propriedade estar em más condições, mas…" Ergui as mãos, impotente. Deve existir um país onde as pessoas não têm vergonha de serem pobres, mas ainda não o conheci. Claro que Roderick não teria mencionado o estado chocante da casa. "Suponho que o lugar esteja sob fideicomisso e não possa ser vendido?"

"Ele não pode vender, mas implorei para que saísse daqui. Até ofereci para que ficasse comigo, mas ele não parava de dizer que a irmã não podia viajar."

Suspirei. Provavelmente era verdade. O aspecto de Madeline passava a impressão de que uma brisa forte poderia despedaçá-la. Olhei para o meu conhaque, perguntando-me o que fazer.

"Perdoe-me se fui rude antes", disse Denton. "Nunca conheci um soldado juramentado antes."

"Que você saiba", acrescentei, tomando um gole do conhaque. "Nem todos usamos o broche."

Isso o fez parar por um momento. "É... suponho que não. Desculpe... posso perguntar por que fez o juramento?"

Na minha experiência, existem dois tipos de pessoas que farão essas perguntas. O tipo mais raro, e de longe o mais tolerável, possuí uma intensa curiosidade sobre tudo e todos. "Um soldado juramentado! É mesmo?!", diz esse tipo. "Como é isso?" E, cinco minutos depois, alguém menciona que o primo é vinicultor, e ele transferirá toda a sua atenção para essa pessoa e começará a interrogá-la sobre as minúcias da vinificação.

Servi com um homem assim, Will Zellas, que era, na mesma medida, fascinado por estrelas, ervas, fabricação de sapatos e cirurgia no campo de batalha. Sempre lamentei que ele não estivesse comigo para ouvir o notável discurso sobre larvas e mijo do pastor. A essa altura, infelizmente, Will havia levado um tiro na canela e estava no hospital. Da última vez que o vi, ele andava com uma bengala e me contou em detalhes extraordinários sobre entalhes em marcenaria, o declínio da raça turnspit terrier e como colhem nenúfares na Índia. Sua esposa o interrompia de vez em quando para dizer: "Coma, querido", e ele dava três garfadas antes de recomeçar.

E então, é claro, há os indivíduos do outro tipo. Os que fazem perguntas, mas o que realmente querem saber é o que há na sua calça e, por extensão, quem está na sua cama.

Presumo, gentil leitor, que você seja do primeiro tipo, e explico, caso não tenha conhecido pessoalmente soldados juramentados da Galácia ou só tenha lido sobre nós nos periódicos mais lúgubres.

Como mencionei antes, a língua da Galácia é... idiossincrática. A maioria das línguas que você encontra na Europa tem palavras como *ele* e *ela* e *dele* e *dela*. A nossa também tem, embora usemos *ta* e *tha* e *tan* e *than*. Mas também temos *va* e *van*, *ka* e *kan*, e algumas outras especificamente para pedras e Deus.

Va e *van* são o que as crianças usam antes da puberdade, e também padres e freiras, embora estes sejam *var* em vez de *van*. Também temos os equivalentes a *menino* e *menina* e assim por diante, mas usar *ta* ou *tha* para se referir a uma criança é de muito mau gosto. (Se você estiver tentando aprender galaciano e fizer isso por acidente, diga na hora que é ruim no idioma e não se expressou bem, ou prepare-se para que as mães agarrem seus filhos e olhem para você como se fosse algum tipo de pervertido.)

Em geral, é possível identificar falantes natives da Galácia pela hesitação antes de usar *ele* ou *ela*, *él* ou *ella*, ou qualquer que seja o equivalente linguístico, para se referir a menores ou a um padre. Durante a guerra, pelo menos um de nossos espiões foi descoberto dessa maneira. E não é incomum que irmanes se refiram ume ao outre como *va* pelo resto de suas vidas.

E ainda há *ka* e *kan*.

Já mencionei que éramos um povo guerreiro feroz, certo? Ainda que fôssemos ruins nisso? Mas tínhamos orgulho de nosses guerreires. Alguém tinha que ter, suponho, e esse reconhecimento se estende ao fato linguístico de que, quando você é guerreire, pode usar *ka* e *kan* em vez de *ta* e *tan*. Você aparece no treinamento básico e lhe entregam uma espada e um novo conjunto de pronomes. (É muito rude se dirigir a um soldado como *ta*. Você não será considerado pervertido, mas pode levar um soco na boca.)

Nada disso teria importância, se não fosse por duas ou três guerras antes desta. Havíamos feito váries aliades e, de repente, elus estavam sendo invadides e tivemos que enviar soldados para defendê-les. Um dia começou a parecer que nosso país poderia ser invadido e nós tínhamos poucos soldados, então uma mulher chamada Marlia Saavendotter foi até a base do exército e lhes informou que ela agora era soldado.

Veja bem, nenhum dos formulários oficiais dizia nada sobre você ser homem ou mulher. Apenas diziam *ka*. Todo mundo sabia que as mulheres não podiam ser guerreiras, nunca tinham sido, mas isso não estava escrito nos formulários em lugar algum, e um exército funciona na base da burocracia. Não conseguiram encontrar um formulário que lhe dissesse que *ela* não poderia se alistar. Cem anos antes, teriam enxotado-ne quartel afora às gargalhadas, mas precisavam muito de recrutas, e lá estava uma pessoa de aparência durona que sabia usar um mosquete, então o oficial no comando decidiu que iriam, sim, mandar Saavendotter de volta para casa, mas não até que tivessem mais gente para encher as fileiras. Só que os outros recrutas nunca chegaram e Saavendotter contou para as suas amigas e, de repente, cerca de um terço do exército galaciano passou a ser composto por pessoas que antes não eram consideradas elegíveis, mas que agora eram plenamente *kan*, e assim continuaram até o fim da guerra.

A essa altura, teria sido dificílimo dizer a todos que fossem para casa, embora as pessoas, sem dúvida, tenham tentado. Houve uma série de discussões sobre o assunto, e alguns discursos muito dramáticos foram feitos diante do capitólio, incluindo o famoso "Eu não sou mulher, sou soldado!", sobre o qual você já deve ter lido, mesmo que não saiba mais nada sobre a história da Galácia. De alguma forma, as leis de herança também estavam envolvidas — essa parte é confusa para mim — e, depois que a poeira baixou, a Galácia tinha soldados juramentados. Agora, se você chega e faz um juramento de que é um soldado, eles carimbam um formulário, dão-lhe um broche para que as pessoas saibam que devem se dirigir a você como *ka*, então lhe entregam um rifle e ê enviam para o sargento. E é isso. Você raspa a cabeça como todo mundo. O uniforme é igual ao de todo mundo. (Houve uma tentativa muito breve de fazer um vestido como uniforme de gala, mas não terminou bem.) O sistema ainda tem muitos pontos cegos, e traduzir qualquer coisa para outro idioma é complicado, mas funciona tão bem quanto qualquer coisa no exército, ou seja, apesar de tudo.

As pessoas se alistam por vários motivos. Tem gente que realmente não quer ser mulher, e essa é a melhor opção. Tem gente que quer sair das montanhas e, assim, consegue uma cama e uma refeição com carne duas vezes por semana. E tem eu.

"Ah", falei, dando de ombros. "Alguém precisava mandar dinheiro para minha família. E meu pai, antes de morrer, era soldado, então estava no sangue, suponho."

"Mas a guerra", disse Denton. "Você não ficou com medo?"

Às vezes é difícil saber se alguém está querendo lhe insultar ou se está apenas sendo americano. Por sorte, naquele instante, a porta se abriu com a volta de Roderick, e eu consegui desviar. "Medo? Ei, Roderick, ficamos com medo na Bélgica?"

"Morrendo de medo", disse Roderick. Ele estava pensativo quando entrou na sala, mas a pergunta pareceu animá-lo. "A não ser quando ficávamos entediados, ou seja, a maior parte do tempo."

"Vocês serviram juntos, então?", indagou Denton.

Sorri. "Sim, e foi um grande choque para Roderick chegar lá e descobrir que havia sido designado para a minha unidade. Embora tenha disfarçado bem o suficiente."

"Pensei em guardar todos os detalhes sórdidos de nossa juventude como material de chantagem. Embora, no fim, não tenha precisado fazer isso." Ele acenou para Denton. "Fiquei apenas um ou dois anos. Então meu pai morreu e eu tive que vender a minha comissão de oficial. Easton ficou muito mais tempo."

"Você era o inteligente", falei. A guerra tinha sacrificado meus pés, meus joelhos e minha fé na humanidade. Mas então minha irmã se casou com uma alma gentil e estava vivendo bem, e eu não precisava mais mandar dinheiro para casa, então vendi minha comissão. (Depois que você sai do exército, aliás, fica a seu critério como quer que as pessoas se refiram a você. Roderick voltou a usar *ele*, porém, depois de quinze anos de uniforme, eu simplesmente era *ka*.) "O que esses anos extras me deram, além de um ombro ruim e um bom cavalo?"

"Então o ombro ainda incomoda?"

"Sim..." Encolhi-os, então estremeci de maneira dramática, tocando o ombro, e sorri para Roderick.

As sobrancelhas de Denton se juntaram. "Um ferimento?"

"Denton é médico", explicou Roderick. "É parte do motivo pelo qual lhe pedi que viesse."

Denton ergueu a mão em protesto. "Mais ou menos", disse. "Tive um ano de estudo, então o Sul resolveu se separar e fui empurrado porta afora com uma serra e uma folha de papel dizendo que eu sabia usá-la."

"Você ficou com medo?", perguntei, com malícia gentil.

Seus olhos se voltaram para mim, reconhecendo a farpa, e seus bigodes se moveram por cima de um sorriso. Esperei que negasse, mas ele me surpreendeu. "Fiquei", respondeu. "O tempo todo. Tínhamos que fazer amputações com frequência, e eu sempre tinha medo de que eles morressem na mesa. Eu sabia que a maioria morreria de qualquer maneira, mas quando morriam na minha frente a sensação era pior."

Estremeci. Nossos periódicos não são tão macabros por aqui, mas ainda ouvimos histórias sombrias sobre médicos serrando membros doentes, jogando uísque no toco e depois mandando trazer o próximo homem. Se teve algum contato com isso, então Denton viveu um inferno algumas vezes.

"Você não se dá crédito", disse Roderick. "Eu confiaria mais em você do que em metade dos médicos de Paris."

"Ah, você só diz isso porque coloco licor em tudo." Ele se virou para mim. "Ferimento no ombro?"

"Foi justo uma bala de mosquete", respondi. "Alguém tinha apanhado o mosquete do avô no sótão e atirou em nós de surpresa quando passamos. Tive muita sorte, embora não achasse isso na época."

Denton estremeceu. "Acertou o osso?"

"Rachou, mas não quebrou. A vantagem de levar um tiro de uma antiguidade."

Ele assentiu. "Que bom. Se é que levar um tiro pode ser visto como algo remotamente bom."

Roderick começou a contar a história de um camarada com quem servimos que foi baleado em seus bens mais preciosos e acabou tendo três filhos. É uma boa história. Denton estremeceu nas partes apropriadas e bebemos perto da lareira, contando histórias de guerra como se tudo estivesse normal e ninguém na casa estivesse morrendo.

Capítulo 3
A QUEDA DA CASA MORTA

Quando já era tão tarde que comecei a bocejar, Roderick me acompanhou até meus aposentos. Dessa vez, ele pegou uma vela e foi mais devagar.

"Denton insultou você?", perguntou ele, quando nossas vozes estavam fora do alcance da sala. Dava para ver que ele estava preocupado de verdade.

"Ele é um bom homem, mas você sabe que não há soldados juramentados na América. Se ele tiver dito algo ofensivo, vou ter uma conversa com ele."

Eu balancei a cabeça. "O de sempre. Ele vai se acostumar em um ou dois dias, imagino."

Roderick suspirou. "Sinto muito. Sei o quanto você está cansade disso."

Eu bufei. Estava cansade uma década atrás. Agora eu já tinha passado para um outro estado. Exaustão transcendental, talvez, o que tinha menos a ver com o dr. Denton e mais a ver com as dez mil pessoas antes dele. "Eu não queria pegar você e seu convidado de surpresa, Roderick."

"Não, não." As sombras saltaram nas paredes com o tremor da mão de Roderick. "Fui indelicado antes. Sinto muito. Claro que você viria assim que achou que Madeline estava... doente. Eu deveria ter percebido."

"Nós já fomos amigues", falei, baixinho. "Espero que ainda sejamos."

"Sim. *Sim.*" Ele se virou para mim, quase ansioso, e tentei não recuar ao ver como a vela lançava sombras profundas em suas órbitas oculares e em seu rosto esquelético. "Fomos. Nós *somos*. Você liderou os avanços. Você sabia o que tinha que ser feito e o fez. Eu... eu preciso disso agora. Não sei mais o que precisa ser feito."

"Vamos pensar em algo. Não pode ser pior do que enfrentar uma fileira de rifles."

"Não pode mesmo?" Roderick piscou para mim. "Este lugar... este lugar..." Ele gesticulou com a vela. Segui o gesto até onde o papel de parede tinha descascado, agora em trapos caídos, deixando a carne exposta da construção atrás. Mofo subia pelas tábuas pálidas, pequenas manchas pretas que se juntavam como constelações. "Agora eu ouço coisas", disse ele. "Ouço tudo. Meu próprio batimento cardíaco. A respiração das outras pessoas soa como um trovão. Às vezes acho que consigo ouvir os vermes nas vigas."

"É um resquício da guerra", expliquei, pensando no meu próprio tinido. "Muitas granadas, muitas balas. Todos ficamos meio surdos e ouvimos coisas."

"Talvez, mas eu odeio este lugar", revelou ele, quase sonhador. "E estou com muito medo. Nunca senti um medo assim durante a guerra."

"Nós éramos mais jovens na época", falei. "Imortais."

Ele forçou um sorriso. Foi medonho, e eu desviei o olhar de volta para o papel de parede mofado. "Talvez seja isso. Mas este lugar me deixou amedrontado. Esta casa terrível. Acho que preferiria enfrentar uma fileira de fuzis, mesmo agora. Pelo menos é um inimigo humano."

Eu não fazia ideia de como interpretar essa conversa. "Vamos pensar em algo", falei de novo, com firmeza.

"Espero que sim. Tudo me assusta hoje em dia." Ele balançou a cabeça e riu, o que foi quase tão medonho quanto seu sorriso. "Não sou o soldado que era."

"Nenhum de nós é o que éramos", falei, deixando que ele me mostrasse meu quarto.

O café da manhã era servido cedo. Havia ovos, torradas, chá preto e pouco mais que isso no aparador. Peguei três ovos e, no mesmo momento, me senti culpade por abusar da hospitalidade de Roderick.

Havia alguma maneira de compensá-lo sem parecer que estava oferecendo caridade? Trazer um cervo, talvez, ou algumas perdizes?

Estava sentade com meu chá, molhando a torrada na gema de ovo, pensando em como aumentar o conteúdo da despensa sem que isso ficasse óbvio, quando Denton entrou. Acenei para ele. Ele resmungou. Não era uma pessoa matinal. Tudo bem, eu também não. Esperei até que tivesse tomado a segunda xícara de chá antes de fazer a pergunta que quis fazer na noite anterior.

"Você sabe o que há de errado com Madeline?", perguntei. "De saúde?"

Denton ergueu seus olhos cansados do chá. "Você não pega leve de manhã, não é, tenente?"

Comecei a me desculpar, mas ele me interrompeu com um aceno.

"Não, tudo bem. Não saberei mais quando estiver acordado do que sei agora. É provável que o diagnóstico que ela receberia em Paris fosse de epilepsia histérica, não que isso fosse adiantar de muito."

"Histeria?"

"Sim. O que é um diagnóstico bem inútil." Ele se serviu de outra xícara de chá e me ofereceu o que restava do bule. Bebi, embora o chá já estivesse amargo. "A histeria é que nem a tuberculose costumava ser. Há algo de errado com você e não conseguimos curar? Deve ser tuberculose. Agora Koch isolou o bacilo responsável por essa doença e não temos mais isso para nos apoiar, então precisamos admitir que há pessoas morrendo de algo que não é tuberculose." Ele engoliu o chá e fez uma careta. "Mas ainda temos histeria, embora *monsieur* Charcot nos diga que ocorre tanto nos homens quanto nas mulheres. Conhecemos a causa? Não. Sabemos tratar? Não. Deve ser uma dezena de distúrbios diferentes agrupados sob um mesmo nome? Provavelmente. Eu não sei. Sou bom com uma serra de ossos e posso derramar conhaque na sua garganta e no seu cotoco, mas distúrbios dos nervos estão além de meus conhecimentos."

"Que estranho", falei. "Madeline nunca me pareceu ser do tipo nervoso. Nenhum dos dois. Embora Roderick..."

Lembrei-me de seu aspecto ontem à noite, da conversa sobre seu medo e a casa terrível.

Denton me deu um aceno significativo, e imaginei que Roderick havia expressado os mesmos sentimentos para ele. "Não posso dizer que você esteja errada", disse Denton. "Em especial nos últimos tempos. Mas posso dizer que Madeline tem catalepsia."

"Catalepsia!"

Denton assentiu com tristeza. "Grave. Ela cai em um estado imóvel no qual permanece por horas, e está piorando. A última vez foi apenas há alguns dias e durou quase um dia e meio. Seus reflexos cessaram, ela ficou gelada e eu mal conseguia ver sinais de sua respiração no espelho."

Desabei em minha cadeira. Isso deve ter acontecido depois de Madeline me escrever. Não era de admirar que Roderick pensasse que ela estava morrendo. "Eu não fazia ideia."

"Não tinha como você saber." Denton esfregou a mão no bigode. "Claro, esse é um diagnóstico do sintoma, não da causa. Quanto à causa... não sei. Ela está anêmica e não come o suficiente."

Olhei para a comida oferecida. "Talvez eu vá caçar, se Roderick não se opuser."

"Eu teria ido, mas sou péssimo de mira."

Sorri. "Bem, eu sou péssime em costurar pessoas depois de serem baleadas, então acho que vai dar tudo certo." Afastei-me da mesa e fui ver o que poderia usar.

Eu me perdi, o que já era previsível. A casa era um labirinto, e eu não a tinha visto direito na noite anterior. Só havia encontrado a sala de desjejum porque seguira o cheiro de torrada. Por fim, vi um conjunto de portas entreabertas que pareciam indicar uma varanda. Se eu saísse, talvez pudesse me localizar no edifício. Se isso falhasse, talvez pudesse descer e caminhar até a porta da frente.

Quando cheguei à varanda, descobri que já estava ocupada.

À luz do dia, a aparência de Madeline era duas vezes mais chocante. Seus cabelos eram os fiapos incolores de um dente-de-leão e sua pele parecia quase translúcida. Ao vê-la contra o sol, quase esperei ver a luz atravessando-a como a um vitral, com uma moldura de ossos em vez de chumbo.

"O lago é adorável, não é?", disse ela, olhando para baixo em direção à água.

"Os lagos das montanhas costumam ser", comentei, o que era verdade, embora aquele em particular não fosse. Parecia escuro e estagnado. Adorável não é a forma que eu o descreveria. *Necessitado de fogo e água benta*, talvez. Será que era possível queimar um lago? Sei que um rio na América pegou fogo uma vez, e o fato chegou aos jornais como uma nota de rodapé divertida sobre como os ianques conseguiam fazer até mesmo água queimar, mas eu me lembrava vagamente de que havia algum tipo de produto químico envolvido.

"Easton queride", disse Madeline. "Você se lembra de quando fomos até o rio e tentamos pescar?"

"Lembro que peguei um", respondi, "mas sue detestável prime... qual era o nome van? Sebastian? Enfim, tentou roubá-lo."

"E você van empurrou no rio." Ela franziu o nariz e soltou uma risadinha. Tentei não demonstrar o quanto o som me chocou. Parecia fino feito papel, como um inseto esfregando as pernas, não a risada da qual eu me lembrava.

"Era muito mais fácil naquela época", disse Madeline em tom saudoso. "Éramos todos van. Tão jovens, saudáveis e esperançosos. Agora olhe para mim." Ela gesticulou para o seu rosto e o seu corpo. "Não é de admirar que Roderick ache que estou morrendo quando estou com este aspecto."

"Como você está se sentindo?", perguntei, aproveitando a oportunidade.

"Sabe que me sinto com bastante energia, às vezes? Sei que minha aparência é assustadora. Meu espelho não mente. Não, Roderick tem razão: não tenho mais muito tempo. Mas não pensei que me sentiria tão inquieta."

Estudei seu rosto. Ela ainda parecia mais pálida do que qualquer ser vivo tinha o direito de estar, mas havia duas manchas de cor em sua bochecha, altas e agitadas. Tive a sensação de que sua pele era quase transparente e, se estivesse mais perto, poderia ter visto os minúsculos capilares individuais cheios de sangue. Seus olhos tinham um brilho febril; mas, quando toquei sua mão mais cedo, ela estava tão fria quanto as águas do lago.

Catalepsia. Anemia. "Você deveria sair daqui", falei, de repente. "Este lugar não pode ser saudável. Deixe Roderick levá-la de novo a Paris. Iremos ao teatro e aos museus, passearemos nos parques e comeremos raspadinha de limão."

Ela sorriu, embora parecesse que não estava olhando para mim, mas através de mim, e sorrindo para o que quer que tenha visto do outro lado. "Raspadinha de limão. Eu me lembro. Nós tomamos na última vez que nos vimos, antes de você se juramentar kan."

Eu não tinha nenhuma lembrança real do que havíamos comido naquele dia, mas concordei mesmo assim. "Tomaremos de novo."

"Ah, Easton." Ela deu um tapinha no meu braço. Sua mão estava fria, mesmo através da manga. "Você é gentil. Mas aqui é o meu lugar. Eu ficaria perdida se não pudesse ir até o lago e confessar meus pecados."

"Que pecados você poderia ter?", perguntei, tentando falar em um tom de brincadeira, porém sem conseguir por completo. "Você sempre foi irrepreensível. Nem me ajudou a empurrar sue prime no rio."

"É mesmo?" Seu olhar me atravessou outra vez. "Talvez seja apenas em sonhos que cometa pecados." Ela sorriu de novo, mas se transformou em um bocejo. "Perdoe-me, Easton queride. Estou cansada. Eu deveria me deitar um pouco."

"Deixe-me levá-la até a porta", sugeri, oferecendo-lhe meu braço. "Você vai ter que me dizer onde fica, nesta casa que é um grande labirinto, mas vou levá-la até lá."

Ela se apoiou em mim. Não pesava absolutamente nada. Eu a acompanhei até seu quarto, e ela pareceu flutuar pela porta como se a terra não pudesse mais segurá-la.

* * *

Quando enfim voltei aos meus aposentos, depois de tentar três portas que pareciam a certa mas não eram, encontrei um recém-chegado muito bem-vindo.

Meu bagageiro, Angus, já estava lá dentro.

"Angus!" Agarrei seu antebraço. "Você veio!"

"Sim", disse ele, encarando-me com um olhar penetrante. "Uma viagem curta, com cavalos descansados, por estradas vazias e em bom estado de conservação. Fiquei esgotado até o limite. Senhore."

Eu sorri, sem remorsos. Angus servia meu pai antes de mim, e era muito astuto, mesmo na época, ainda que não muito experiente. Quando meu pai morreu em batalha e eu me juramentei, ele me olhou, ume novate de quatorze anos com os seios atados e a cabeça recém-raspada, e logo se encarregou de mim. "Pois", disse Angus, "o Bom Deus pode até cuidar dos tolos, mas ter outro par de mãos para ajudar não vai fazer mal algum."

Quando vendi minha comissão, ele veio comigo. Sua barba e bigode estavam grisalhos e suas várias dores o ajudavam a prever o clima com precisão, mas ele era capaz de fazer frente a todos os soldados mais jovens que eu conhecia, inclusive eu.

Ele tinha um sotaque escocês carregado quando se permitia, mas podia trocá-lo na mesma hora por um galaciano sem sotaque, e nem mesmo eu sabia qual era sua terra natal. Ele nunca expressava qualquer desejo de voltar. Certa vez até fiz a oferta, o que o ofendeu tanto que não voltei a oferecer.

"Devo me sentir insultado pelo quarto em que colocaram você, ou estão fazendo o melhor que podem?", perguntou ele.

Olhei para o quarto. Não era muito melhor à luz do dia do que à luz de velas. O papel de parede estava quase intacto e a lareira funcionava, mas havia uma umidade progressiva no ar. A grande cama com dossel estava afundada e as cortinas eram esfarrapadas. A porta do quarto de Angus, inchada, emperrava no batente. "Acho que é o melhor que podem fazer", falei. "E não exagere no fogo, certo? Acho que eles não têm muito dinheiro para a lenha."

"Então é assim, hein?" Angus assentiu. Ele me ajudou a tirar minha jaqueta e fez cara feia para o quarto. "Casa triste", comentou. "Eu desgosto."

"Eu também", concordei, cansade. "Você sabe que eu não sou uma alma supersticiosa, Angus, mas eu juro que há algo perverso aqui."

"Bem, eu sou uma alma supersticiosa", disse Angus, "e tenho *certeza* de que há. Não é normal. É o tipo de lugar onde você encontra demônios dançando no pântano."

"Não há pântano aqui. Há uma espécie de charneca, um lago e uma inglesa louca que pinta cogumelos."

Ele ergueu uma sobrancelha e eu descrevi a formidável Eugenia Potter.

"Ah, conheço o tipo!", exclamou ele, atiçando o fogo e virando os tijolos para aquecê-los. "Uma das formidáveis e ferozes senhoras da Inglaterra. Elas são capazes de escalar montanhas e fazer chá no topo, se precisarem. Teríamos nos saído muito melhor na guerra se tivessem enviado elas em vez de suas tropas."

"Provavelmente não é um demônio dos pântanos, então?"

"Bem, ainda não a conheci. Talvez seja." Angus fungou. "Cogumelos?"

"Sim, e bem desagradáveis, inclusive. Cutucou um com um pedaço de madeira e o cheiro era uma combinação de uma cova aberta e leite podre. E ela disse que ainda não estava maduro!"

"Dizem que cogumelos brotam onde o Diabo pisa", disse Angus com amargura. "*E* onde as fadas dançam."

"Você acha que eles se confundem? O Diabo aparece no baile das fadas ou se vê cercado de elfes ingênues?"

Ele me olhou por baixo das sobrancelhas. "Você não deveria fazer piadas sobre as fadas. Senhore."

"Ah, tudo bem. Desde que eu ainda possa fazer piadas sobre o Diabo."

Ele grunhiu, o que significava que não aprovava, mas não se importava o suficiente para me impedir. "Os aldeões não gostam do lugar", afirmou ele.

Eu tinha passado pela aldeia, mas não havia pensado muito nela. Não parecia ruim. Não parecia boa. Era uma aldeia. Era parecida com todas as outras pequenas aldeias de Ruravia, que também são muito parecidas com todas as pequenas aldeias da Galácia, embora aqui eles esculpam flores nas persianas enquanto nós esculpimos nabos. (Esse é um *nós* generalizante. Jamais esculpi um nabo sequer na vida.)

"Não gostam da casa? Ou não gostam dos Usher?"

"Da casa. Eu diria até que sentem pena da safra atual. O tio-avô de sir Roderick, ou quem quer que seja a pessoa de quem ele herdou este troço, vendeu as terras ao povo daqui antes que os credores chegassem, então todos se lembram dele com carinho. '*Nosso* Usher', é como o chamam. E o 'Jovem Usher' é sir Roderick."

"E Madeline?"

Ele me deu um olhar impenetrável. "'Aquela pobre menina Usher.'"

Suspirei. Angus ergueu uma sobrancelha. "Ela não está com bom aspecto", falei, em resposta ao convite tácito. "Entendo por que Roderick pensou que ela estava morrendo. Acho que ela pode estar."

Angus é uma alma compassiva, em especial com as mulheres. "Ah, pobre moça!", exclamou ele, e estava sendo sincero. "Este não é o lugar para uma dama delicada. Eu lhe digo, é assombrado, com ou sem pântano."

"Os aldeões lhe disseram isso?"

"Você ri, mas sim, eles disseram. Perguntei como era caçar por aqui, e eles me falaram para não fazer isso. Dizem que o lugar está cheio de lebres-bruxas."

"Lebres-bruxas?"

"Sim. Parentes dos demônios. Você atira em uma e, no dia seguinte, encontra uma bruxa com uma bala no coração."

"Azar o dela. Há muitas velhinhas com verrugas que aparecem mortas a tiros por aqui? Soa como um trabalho para a polícia."

"Heh. Duvide de mim o quanto quiser. Dizem que as lebres não se comportam direito. Elas esquecem como correr. O homem da estalagem disse que andou até uma e o bicho ficou parado, olhando para ele como se nunca tivesse visto um humano antes."

"Imagino que, se fosse uma bruxa, já teria visto um humano antes, então não sei se isso corrobora sua teoria."

Angus se endireitou em toda a sua altura, que não era muita, e sua dignidade, que era considerável. "Não cabe a mim falar sobre os hábitos das bruxas. Mas não vou caçar lebres aqui, isso posso lhe dizer. Nem cervos."

Ergui uma sobrancelha. Angus gosta muito de comer todas as criaturas de Deus, e isso parecia um grande sacrifício.

"Como vai passar o tempo, então?"

"Eu", disse Angus, ainda com a dignidade inatacável, "pretendo ir pescar."

Capítulo 4
A QUEDA DA CASA MORTA

Então, aqui estava eu. Roderick não esperara me ver, o que quer que isso significasse. É possível que ele não achasse que eu era sue amigue o suficiente para vir quando estava precisando de mim, ou quem sabe ele não achasse que estava precisando de mim. Talvez não estivesse. Denton não sabia o que pensar de mim. Madeline estava... sim, morrendo. Eu tinha visto rostos de soldados moribundos o suficiente para saber. Às vezes as pessoas surpreendem você, às vezes elas sobrevivem, mas há uma aparência de cera na pele humana que diz quando alguém não tem muito tempo neste mundo. A de Madeline estava começando a adquirir essa textura. Se eu descesse para o desjejum amanhã e descobrisse que ela havia morrido durante a noite, não ficaria chocade. Seria triste, mas não me chocaria.

Quando estou perturbade, gosto de caminhar. Sinto-me morose e estúpide quando fico sentade, mas caminhar parece despertar algo no meu cérebro. Nunca me incomodei de andar de um lado para o outro com um rifle de guarda, porque assim eu podia pensar com mais facilidade. Até sonhava acordade, para ser sincere. Em geral, sonhava com o fim da guerra, com fantasias nas quais todo o meu povo saía são e salvo. Foi só quando estávamos presses e eu não podia andar que tive dificuldade em manter esses sonhos vivos.

Mas eu não estava particularmente inclinade a andar pelos corredores da mansão dos Usher. O papel de parede esfarrapado, as manchas de mofo... Madeline com seus olhos febris e fiapos de cabelos brancos... eu não desejava encontrar nenhuma dessas coisas. Então me levantei cedo, coloquei a sela em Hob e saí para dar uma volta.

Hob me cumprimentou com mais entusiasmo do que de costume, talvez porque o cavalo de Denton na baia ao lado fosse péssimo de conversa, ou talvez porque o estábulo fosse sombrio demais. Era limpo e seco o bastante, mas tinha o mesmo ar soturno do restante da mansão.

O ar da charneca estava fresco e úmido. Em circunstâncias normais, eu poderia tê-lo achado de um silêncio opressivo, mas comparado ao que havíamos deixado para trás, parecia livre e aberto. A névoa grudava na superfície do lago escuro e se acumulava em buracos no chão, mas Hob galopou através dela e a partiu como os fragmentos de pesadelos.

Meus pensamentos, infelizmente, não se desfizeram com a mesma facilidade. Os Usher não estavam bem: era visível para qualquer tolo. Parecia óbvio que a casa era terrível para alguém doente. Miasma, como diria minha bisavó. Claro, era 1890, e ninguém mais acreditava nisso. Agora tudo eram os germes, graças ao dr. Koch. Ainda assim, os germes podem permanecer em um lugar, não podem? Haveria desinfetante suficiente no mundo para limpar a casa dos Usher?

Então. O que eu fiz sobre isso?

Eu não podia sequestrar os Usher e arrastá-los comigo até Paris sob a mira de uma arma. Madeline não sobreviveria. Roderick talvez, e seria melhor para ele, mas não há dúvidas de que Denton se oporia. E você não pode ameaçar atirar em alguém para salvar sua vida. Angus assumiria um tom extremamente sarcástico se eu tentasse.

Incendiar a casa de Usher, embora tentador, traria problemas práticos semelhantes. Fiz uma careta. Hob diminuiu a velocidade, sentindo o meu movimento na sela, e ergueu uma orelha em indagação.

"Desculpe, garoto", falei. "Não sou uma boa companhia hoje."

As orelhas de Hob fizeram o equivalente equino de um dar de ombros. Cavalos não entendem muito sobre o mundo, mas descobri que às vezes eles entendem certos humanos com uma precisão assustadora. As mulas entendem bem mais sobre o mundo, mas menos sobre os humanos — ou talvez apenas não se importem com o que os humanos pensam. Eu aceitaria qualquer uma das explicações, na verdade.

Trotamos pelo campo, afastando-nos dos grupos de lamelas-vermelhas-fedorentos. Conforme deixamos o lago para trás, eles foram escasseando, mas depois começaram a aumentar de novo quando virei Hob de volta para a mansão.

Onde encontramos cogumelos, às vezes também encontramos formidáveis senhoras inglesas. Vi a sombrinha primeiro, então a srta. Potter sentada embaixo dela. Estava com um caderno de desenho no colo e olhava fixamente para uma pelota marrom.

Deslizei das costas de Hob e prendi as rédeas na sela.

"Parado", ordenei. Hob me deu um olhar dizendo que isso não era necessário, pois não havia nenhum lugar naquele campo desolado aonde ele desejasse ir.

A srta. Potter pincelava o caderno de desenho com todo o cuidado. Ela estava pintando a partir de uma pequena lata de pigmentos, e pude ver que as páginas do caderno estavam onduladas com as marcas aguadas da aquarela.

"A menos que seja urgente, oficial, falo com você em instantes", disse ela. "A tinta está molhada e não quero que seque antes de terminar este esboço."

"Por favor, não tenha pressa", falei. "Não há nada tão urgente que me fizesse interromper sua pintura."

Ela deu um aceno curto, ocupado, e se debruçou sobre a aquarela.

Dispensade pelo momento, caminhei até o lago. A água ainda estava escura e a superfície não era totalmente reflexiva. As manchas pareciam foscas, como se o próprio lago estivesse mofando. A casa era visível do outro lado.

Peguei uma pedrinha e a joguei em um dos pontos foscos. Ela caiu e afundou, e as ondulações pararam quase de imediato.

Tentei fazer quicar uma pedrinha na superfície. O primeiro contato foi bem o suficiente e deixou as ondulações corretas, mas no segundo a pedra pareceu pousar em algo gelatinoso e desapareceu na água.

"Tapetes de algas, acredito", comentou a srta. Potter, vindo até meu lado. "O lago está cheio delas. Como vai, oficial Easton?"

"Tenente Easton, por favor", corrigi. "Ou apenas Easton, se preferir."

"Tenente." Ela inclinou a cabeça. Sorri. A maioria das mulheres inglesas de meu círculo social teria que estar encurralada em algum lugar pelo fogo inimigo por três dias antes de aceitar tratar ume companheire apenas por "Easton" e, mesmo assim, voltariam aos títulos no instante em que outra pessoa estivesse presente.

O lago se estendia diante de nossos pés. Estava muito quieto. Estou acostumade a pequenas ondulações em qualquer corpo de água desse tamanho, então a calmaria era inquietante. Havia inclusive uma leve brisa, e era de se esperar que ela causasse ondulações. Ela puxou meu cabelo e fez as fitas no chapéu da srta. Potter dançarem.

"Há cogumelos debaixo d'água?", perguntei, de súbito.

Eu me arrependi assim que as palavras saíram da minha boca. Parecia uma pergunta de criança, mas a srta. Potter não a tratou como tal.

"Uma questão complexa. A resposta simples é que provavelmente nenhum que conhecemos."

"Provavelmente?" Inclinei o olhar em sua direção. Sua testa estava um pouco franzida.

"Provavelmente. As redes de micélio dos cogumelos parecem não gostar de ficar submersas por completo. Várias pessoas cultivaram cogumelos em troncos submersos em aquários, mas devemos presumir que o fungo em si estava presente no tronco antes de ser colocado na água. Além disso..." A testa franzida mudou para o que, em outra mulher, poderia ter sido um lábio curvado de desgosto.

"Além disso...?"

"Há um *americano*", continuou ela, pronunciando a palavra com aversão, "que afirma ter visto cogumelos lamelados em um rio no extremo oeste de seu país. Mas seu relato não é corroborado por nenhum observador *respeitável*."

Deve ter sido muito humilhante ser barrada de uma organização apenas porque lhe faltavam os genitais adequados, enquanto americanos não respeitáveis eram autorizados a participar e escrever sobre cogumelos subaquáticos. Eu havia conhecido mulheres inglesas com sentimentos semelhantes em relação às forças armadas. Uma delas se mudou para a Galácia e se ajuramentou como soldado, e que bom para kan.

"Existe algum motivo para os cogumelos não crescerem debaixo d'água? Além do micélio?"

"Os esporos flutuam", respondeu a srta. Potter. "Podem chegar ao longo das margens, mas não conseguem afundar até o fundo do rio para crescerem lá. Seria como cultivar um coqueiro no fundo do mar."

"Ah."

Ela bateu a sombrinha contra os seixos.

"Dito isso, os cogumelos não são os únicos fungos. Existem muitos, muitos tipos no mundo. Andamos o tempo inteiro em uma nuvem de seus esporos, respirando-os. Eles habitam o ar, a água, a terra e até mesmo nossos corpos.

De repente senti náusea. Ela deve ter lido minha expressão, porque um raro sorriso se espalhou pelo seu rosto.

"Não seja tão sensível, tenente. A cerveja e o vinho precisam de levedura, assim como o pão."

"Verdade. Então há fungos na água?"

"Ah, sim. Muitos. Em geral, nós só reconhecemos quando se tornam parasitas de outra coisa. De peixes, por exemplo. Existem muitos fungos que atormentam os donos de aquários, crescendo em seus peixes. Não é a minha área, mas conheço três ou quatro. Causam manchas horrendas, mas já vi fungos que crescem como uma nuvem de algodão nas barbatanas dos peixes ou brotam da boca ou dos pulmões."

"Que angustiante", comentei.

"Para os peixes, sem dúvida, imagino. Embora eu não saiba se os peixes têm inteligência para ficarem angustiados. Talvez apenas achem que o fungo é parte deles e que suas barbatanas cresceram."

Eu balancei a cabeça. "E há fungos aqui, no lago?"

"Sem dúvida. No entanto, você provavelmente precisaria de um microscópio para vê-los."

"E por acaso a senhorita não teria um aí? Entre suas pinturas, talvez?"

Ela sorriu de novo, embora tenha sido breve. "Infelizmente eles estão além das minhas possibilidades. Preciso me contentar com uma lupa." Ela bateu a sombrinha de novo, como alguém faria com uma bengala. "Você deve me achar um pouco louca por ser tão obcecada pelo reino dos fungos, mas é um mundo fascinante. E importante. Nossa civilização foi construída sobre as leveduras."

"Eu não a acho louca, de maneira alguma", falei, e disse a verdade. "Desfruto das paixões dos outros de forma indireta. Uma das conversas mais agradáveis que já tive foi ao ouvir as colocações de um velho pastor sobre a inferioridade das demais raças de ovelhas, e este assunto tem um apelo muito mais geral."

"Grande elogio." Ela escondeu uma risadinha por trás da mão enluvada.

Gostaria de me atrever a reproduzir para ela o "mijo e bosta nas dobras de seus traseiros!", mas não queria me indispor com a formidável srta. Potter. Em vez disso, olhei para o lago e vi um vulto branco pálido sair de uma portinha perto da água. Madeline? Devia ser, a menos que um dos criados usasse branco.

O vulto avançou devagar até a água, parando apenas ao chegar à margem. Eu não conseguia distinguir se estava ou não tocando o lago. Tive vontade de subir em Hob e sair a galope para impedi-la de tocar a água. Sem dúvida, pés molhados não lhe fariam bem na condição em que estava.

Sem dúvida, aquela água não faria bem a ninguém, independentemente de sua condição. Mas que opções eu tinha?

Anemia, dissera Denton. O tratamento para anemia, até onde eu sabia, era uma boa carne vermelha. O que era algo escasso na casa dos Usher.

Eu não sabia como curar catalepsia, mas podia cuidar da carne vermelha. O único truque seria colocá-la na despensa.

Eu me despedi da srta. Potter, parando para elogiar sua pintura. Ela dispensou o elogio com um ar experiente.

"Não sou ruim. Você deveria ver minha sobrinha Beatrix. O dobro do talento e um olho de artista. E um interesse muito gratificante pela micologia."

Montei em meu cavalo e voltei para a casa, indo atrás de Angus para colocar meu plano em ação.

"Diremos que foi você quem atirou", falei, enquanto nos aproximávamos da casa naquela noite.

"Mas de jeito nenhum", disse Angus. "Eu levaria um tiro por você, assim como tomei pelo seu pai, mas se acha que vai difamar minha mira na frente de um nobre, pode tirar o cavalinho da chuva."

"Não é um nobre, é o Roderick. Nós todos tivemos caganeira na mesma trincheira."

"Agora ele é o lorde Usher, e não estou nem aí para as merdas que passamos, não vou levar a culpa." Respirei fundo para discutir, mas ele acrescentou: "*E* eu fiz a negociação, não fiz?".

Suspirei. Seu sotaque estava ficando mais carregado e isso nunca era um bom sinal.

"Está bem. Venha comigo e me ajude a ser convincente."

Tinha sido um plano ridículo, mas simples o bastante. Entrei na sala e encontrei Roderick sentado sozinho ao piano, brincando com as teclas de uma forma distraída.

"Roderick", chamei, "infelizmente tenho uma confissão a fazer."

Ele olhou para cima, com as sobrancelhas pálidas se aproximando. "Uma confissão? O que quer dizer com isso?"

"Bem. Você sabe que Angus e eu fomos caçar hoje à tarde." Ele assentiu. "Pássaros, sim."

"Bem..." Arrastei o momento, respirei fundo e disse: "Roderick, eu atirei em uma porcaria de uma vaca".

Roderick olhou para mim, inexpressivo.

"Eu disse que não era um cervo de jeito nenhum", emendou Angus, e seu sotaque estava ainda mais carregado do que o habitual. "Mas ka me escuta? Eu, que ensinei ka a atirar quando ainda se sentava no meu colo?"

"Era uma daquelas menores e marrons que eles têm por aqui!", falei em tom exasperado. (Não tive que fingir a exasperação. Angus estava exagerando.) "São da mesma cor dos veados, e essa não era muito grande e estava de cabeça baixa..."

"Aqueles ossos do quadril não tinham nada de cervo! E eu não ensinei você a jamais atirar sem ter a mira absolutamente limpa? Se você fosse recruta, daria um tapa nessa sua orelha. Antes isso do que matar um homem!"

"De qualquer maneira, eu não matei homem nenhum", falei com a voz gélida. Voltei-me para Roderick. "Paguei ao dono da vaca o dobro do que vale, mas sinto muito se isso causar problemas entre você e seu povo. Eu achei mesmo que era um cervo."

Angus resmungou algo que não passou de seu bigode. Os lábios de Roderick começaram a se contorcer e seus ombros tremeram.

"*Enfim*", falei, dando a Angus um olhar duro, "o açougueiro vai fazer a entrega em um ou dois dias."

"Açougueiro?", questionou Roderick com a voz alta e estrangulada.

Curvei os ombros. Angus quase me deu um tapa na nuca. "Bem, é como eu ensinei, você come o que mata! Ka não é nenhum nobre para caçar os bichinhos por esporte — sem ofensa, lorde Usher — e deixar a pobre criatura estirada no chão!"

"Ele me fez *desossar* a *vaca*", expliquei a Roderick.

Isso foi demais para o meu velho amigo. Ele soltou uma gargalhada e desabou de costas contra o piano, segurando o peito e ofegando. Cruzei os braços e não consegui abafar um sorriso.

"Angus...", disse Roderick quando finalmente parou de rir. "Angus, seu velho demônio, você não mudou em nada. Desossar a vaca!" Isso o fez voltar a rir.

"Eu vou tirar a sujeira de vaca das minhas botas", falei, com toda a dignidade que pude reunir. "E das minhas calças. E de todo o resto." Caminhei até a porta, deixando Roderick caído por cima do piano. Angus me seguiu, proferindo comentários sombrios sobre os socorros que prestei à vaca, que, desejo deixar registrado, foram perfeitamente adequados.

"Ufa", falei, quando estávamos fora do alcance de seus ouvidos. "Correu tudo bem."

"Sim, a risada vai lhe fazer bem. E um bom pedaço de carne também fará bem a sua senhoria." O sotaque de Angus voltou à intensidade habitual. "Não foi um plano ruim, jovem."

"Foi um plano bem estúpido", corrigi, "mas funcionou. Eu não poderia apenas mandar entregar carne em casa."

"Pena você não ter conseguido uma vaca mais jovem", disse Angus, um pouco triste. "A que nos venderam estará dura feito bota."

"Vamos mastigar a bota com um coração feliz."

"Ah, sim, com certeza."

Aturei as zombarias de Roderick e Denton durante o jantar, o que tolerei porque fizeram Madeline rir. "Isto aqui", começou Roderick, indicando o frango na mesa, "não é um cervo, Easton. Sinto que devemos deixar bem claro."

"Certo."

"E eu também não sou um cervo."

"Não, claro que não." Revirei os olhos para Madeline. "Os cervos são os que fazem mu."

Ela riu. Ainda era a risadinha frágil de uma inválida, mas era genuína e melhor que nada.

Ela se retirou cedo, antes de escurecer. Eu torcia para que, quando o açougueiro entregasse a vaca sacrificada, ela conseguisse comer carne suficiente para que ficasse bem. Também fui para a cama cedo, alegando exaustão pelo incidente da vaca.

No entanto, duas horas depois ainda estava acordade. Fiquei pensando em algo que o dono da vaca tinha me dito mais cedo. Eu deveria ter sido capaz de deixar para lá, mas ficou preso como um cílio no canto do meu olho: pequeno, mas enlouquecedor.

Tínhamos terminado de cortar a carne — apesar de todas as minhas queixas, tive ajuda, uma vez que as vacas são muito maiores que os veados — e os filhos mais novos do fazendeiro estavam levando a carne para o açougueiro. O fazendeiro e seu filho mais velho, quase idêntico ao pai, estavam parados ao meu lado, observando.

"Meu jovem", disse o antigo dono da vaca, e parou.

Não me dei ao trabalho de corrigi-lo. Por algum motivo, é menos irritante ser confundide com um homem do que com uma mulher. Talvez porque ninguém tenta beijar sua mão ou barrar você da Sociedade de Micologia. E eu estou familiarizade com esse tipo de sujeito, que é simples, honesto e vive sob uma passagem mais lenta do tempo. Fiquei esperando.

"Você não tem medo de trabalhar", disse enfim o fazendeiro, acenando para os destroços da vaca.

Eu sorri. "Posso ser hóspede da mansão, mas não sou nobre. Não posso ficar de pernas para o ar comendo uvas descascadas."

"Hum." Ele me encarou com um olhar penetrante. "Seu homem fala bem de você. Angus."

Foi gratificante ouvir aquilo, mas eu não achava que o fazendeiro tinha vindo conversar apenas para repassar o elogio de Angus. Esperei um pouco mais.

"Ele disse que você falou em caçar lebres."

"Eu pensei nisso", admiti. "Uma vaca não foi a minha primeira ideia, e estamos grates por você ter se disposto a nos vender uma." Eu também estava grate por Angus ter encontrado aquele homem que, segundo ele, não era propenso a fofocas e garantiria que meu acordo clandestino ao comprar carne para a despensa dos Usher não chegasse aos ouvidos de Roderick.

Ele dispensou minha gratidão com um gesto e voltou ao silêncio. Olhei para o campo, que parecia muito mais saudável do que a terra nos arredores da mansão. Eu conseguia ouvir insetos cantando na grama, e um pássaro esvoaçava entre alguns arbustos baixos no entorno.

"As lebres em volta do lago não são normais."

Inclinei a cabeça. "Angus disse que ouviu falar disso. Que elas não se comportam direito." Decidi não mencionar as lebres-bruxas, com medo de que ele pensasse que eu estava zombando dele.

Seu filho enfim falou: "Não são tão ruins por aqui", disse ele. "Mas se você chega perto da casa, elas ficam estranhas."

"Estranhas?", perguntei. "Estranhas como?"

"Elas não correm", explicou o filho. "Se elas se movem, é bem devagar. Andei até uma lebre certa vez, e quando ela enfim se moveu, foi como se não soubesse como as pernas funcionavam. Caiu algumas vezes."

"Parece uma doença", sugeri. *Por favor, Deus, que não haja um surto de raiva por aqui, além de todo o resto.*

"Não é raiva. Raiva não faz elas ficarem olhando você." O fazendeiro apontou um dedo para mim. "E elas ficam olhando o tempo todo. Não do jeito que costumam olhar para poderem fugir caso você se mexa. Elas vão até você e ficam observando. A patroa viu uma aqui outro dia; veio direto para o galpão de ordenha e ficou olhando para ela. Ela sabia que era uma das lebres do lago pelo jeito que se movia."

Eu balancei para trás nos calcanhares, assustade com a súbita enxurrada de palavras.

"Uma vez, eu segui uma", contou o filho. "Chegava até a andar bem, mas depois errava um passo, caía e começava a chutar. Via um obstáculo e precisava parar e pensar em como passar por ele. Às vezes não pulava, só andava pela vala. Continuei seguindo para ver aonde estava indo."
"E para onde foi?", perguntei.
"Não sei", revelou o filho. "Chegou no lago e caiu. Não conseguia mais saber como nadar. Ficou deitada no fundo e se afogou na água rasa."

Esses eram pensamentos estranhos, mas eu podia fazer pouca coisa a respeito. Se alguma doença estranha afligia as lebres locais, era um trabalho para um veterinário e não para ume veterane.

Eu estava pegando no sono e quase tinha conseguido desligar a mente quando ouvi uma tábua ranger no corredor. Talvez eu não tivesse registrado o som se uma segunda tábua não rangesse logo depois, próximo o suficiente para revelar que quem estava fazendo-as ranger se movia muito devagar.

Alguém estava se esgueirando pelo corredor. Catapultei de volta à consciência e peguei minha arma na mesa de cabeceira.

Há pessoas que dormem com uma arma carregada debaixo do travesseiro e não tenho muito a dizer sobre isso, exceto que eu não gostaria de dividir a cama com elas. Quando eu tinha dezenove anos, vira algumas batalhas e me achava muito durone e conhecedor do mundo, eu dormia com a arma debaixo do travesseiro. Isso durou até a noite em que aquela coisa disparou debaixo do meu ouvido. Se eu estivesse dormindo com a cabeça na outra metade do travesseiro, provavelmente não estaria contando a história agora, mas escapei ileso. O travesseiro explodiu em uma tempestade de penas, e a bala quebrou o abajur, enterrando-se na porta do armário. Tive presença de espírito suficiente para pegar meus pertences antes de ser jogado na rua pela proprietária, que gritou comigo por cinco minutos. Infelizmente para ela, eu estava completamente surdo e não ouvi as nuances de sua bronca, mas os gestos foram muito claros. É provável que meu tinido tenha começado com esse episódio específico e, portanto, não posso culpar ninguém por isso além de mim mesmo.

Abri uma fresta da porta e olhei para os dois lados. Ninguém... por um instante, porém, pensei ter visto um vulto branco sumindo de vista no corredor.

Leitor, como lhe disse, eu tenho as sensibilidades psíquicas de uma poça de lama. Não me ocorreu que eu pudesse estar alucinando ou vendo um fantasma. Alguém estava andando pelos corredores à noite, e esse alguém devia ser real e vivo.

No entanto, tendo dito isso, devo admitir que algo devia estar afetando meus nervos, pois por qual outro motivo eu teria ido atrás do som, empunhando uma pistola carregada? O mais provável era que fosse um dos criados. Os criados circulam a qualquer hora, garantindo que os sapatos de todos estejam polidos e as lareiras sejam acesas.

É claro que até o momento eu só tinha visto um único criado, mas devia haver mais. Então por que eu presumi de imediato que era um intruso?

Movi-me com o máximo de furtividade que pude, o que não foi muita. As tábuas pretas rangeram e grunhiram sob meus pés. Teria dado no mesmo se eu tivesse contratado uma banda para tocar uma marcha. Quando virei no corredor, não havia ninguém.

Portas ladeavam o corredor e havia uma escada que levava ao andar de baixo. A pessoa podia ter ido a qualquer lugar. Apurei os ouvidos para tentar discernir o ranger das tábuas do piso. Em vez disso, o tinido me atingiu. (O que foi culpa minha. Bastava apurar os ouvidos ou flexionar os músculos errados da mandíbula para o tinido começar. O que eu já deveria saber.)

O tinido sumiu. Fiquei no escuro com a pistola pronta para enfrentar o nada, e depois voltei para a cama, sentindo-me bem tole.

Capítulo 5
A QUEDA DA CASA MORTA

Dormi até tarde no dia seguinte. Desossar uma vaca não é brincadeira. Saí com Hob, e Denton juntou-se a mim em seu capão, que parecia uma poltrona estofada com orelhas. Tive o prazer de apresentar Denton à formidável srta. Potter, que estava tirando uma cópia dos esporos de um cogumelo.

"Ah!", exclamou ela, apoiando-se em sua sombrinha fechada. "Um doutor, é?"

"Da medicina, não da micologia, sinto dizer", expliquei. Denton teve a graça de parecer acanhado. A srta. Potter teve a generosidade de perdoá-lo tanto por esse defeito quanto por sua má sorte de vir da América, com suas alegações espúrias de cogumelos subaquáticos.

"Veio atender a irmã de Usher?", perguntou ela.

Se Denton ficou surpreso com a velocidade com que as fofocas se espalham pela charneca, não demonstrou. "Não que eu seja de muita serventia", disse ele. "Está nas mãos de Deus, não nas minhas. Talvez, nem mesmo nas Dele."

Se essa falta de fervor a chocou, a srta. Potter também não demonstrou. Ela assentiu com gravidade e mudou de assunto. Começou a falar de fungos; o que, por mim, tudo bem. Denton pediu uma demonstração com os lamelas-vermelhas-fedorentas e, desta vez, fiquei bem para trás e segurei os cavalos.

Nenhum ator de pantomimas poderia ter representado melhor o que estava sendo encenado ali — a srta. Potter toda resoluta, Denton cambaleando para trás e cobrindo o rosto às pressas com a manga, como se tivesse sido atingido por ácido. Eu me diverti muito.

Foi quando eu estava conduzindo os cavalos em direção aos dois, depois que o cheiro teve tempo de se dissipar, que vi outra lebre sentada na grama.

Olhei para ela. Ela olhou para mim. Parecia normal para uma lebre, ou seja, meio faminta, com os olhos alaranjados fixos. Se tinha alguma doença estranha, não era visível em um primeiro momento.

"Você é uma bruxa, então?", perguntei ao animal, meio divertide.

Não esperava resposta e não recebi uma. Ela ficou sentada nas patas traseiras, com as patas dianteiras contra o peito, apenas olhando.

"Pode ir, xô", falei, agitando a mão para ela. "Antes que eu esqueça que disse a Angus que não caçaria lebres."

Ela não se moveu.

Bati o pé em sua direção. Mais uma vez, ela não se moveu.

As lebres ficam todas loucas em março, é claro, mas não era março e essa loucura tendia a ser muito mais ativa, envolvendo pular, socar e saltar em todas as direções. Essa estava tão quieta que, se a brisa não tivesse movido sua pelagem, eu pensaria que estava morta. Não mexeu nem as orelhas. Eu não a tinha visto piscar.

Dei alguns passos em sua direção e enfim ela se moveu, mas não como qualquer outro animal de quatro patas que eu já tivesse visto. Ela estendeu uma pata dianteira e pareceu se arrastar para a frente, depois a outra. Então uma pata traseira, alcançando as demais, depois a outra. Parecia um homem escalando um penhasco íngreme, mas em um terreno plano. Então ela se virou e se sentou de novo, observando a mim.

"Você não tem juízo, lebre?", perguntei.

Seus olhos alaranjados, sem piscar, não responderam.

A srta. Potter e Denton reapareceram antes que eu pudesse fazer algo precipitado, como atirar, o pensamento estava começando a me ocorrer. "Falando sozinhe, Easton?", perguntou Denton.

"Falando com uma lebre", respondi, apontando, mas quando olhei para trás, o animal havia sumido.

O açougueiro cumpriu sua palavra, e a primeira parte da carne agraciou a mesa naquela noite. Como Angus havia previsto, estava dura feito couro de bota, mas o cozinheiro conseguiu preparar um caldo, e eu vi com prazer Madeline comer mais do que o frango que tivemos nas últimas noites.

Angus rosnou algo quando entrei. Parecia mal-humorado, até para os seus padrões.

"Não teve sorte na pesca hoje?"

"Ah, eu tive sorte, sim, se é que se pode chamar dessa forma", respondeu. Os bigodes se eriçaram como os de um ouriço-cacheiro com raiva. "Peguei um bom peixe. Só que não era tão bom assim, no fim das contas."

"Não estou entendendo, Angus."

"Tinha um monte de coisas saindo dele", afirmou. "Achei que fosse merda de peixe, e depois achei que talvez fossem as entranhas."

"Meu Deus, o que você está usando como anzol se está estripando o peixe com ele?"

"Meu anzol", informou ele, com dignidade, "estava na boca do peixe, onde era para estar. Lancei o anzol como se deve, e puxei o peixe direitinho. Limpei o animal e tudo lá dentro parecia um feltro viscoso, tinha até uma cordinha saindo pela bunda."

Parecia nojento, e eu disse isso a Angus.

"É", concordou ele. "Tem algo errado com os malditos peixes. Pesquei mais um e o que você acha que eu encontrei?"

"Feltro viscoso?"

"Um monte." Ele cruzou os braços.

"Peixes são criaturinhas viscosas, para início de conversa", comecei a dizer, mas Angus me lançou um olhar fulminante, tanto com os olhos quanto com o bigode, e eu desisti. Angus saberia a diferença entre o muco normal e algo incomum. Lembrei-me da srta. Potter falando sobre fungos que atacavam peixes de aquário. "Pode ser um fungo. Posso perguntar à srta. Potter, se quiser. Ou você mesmo pode perguntar a ela. Até onde sei, é a única inglesa andando por aí e olhando cogumelos."

"Trocamos um aceno", disse Angus. "Eu não a incomodei e ela não me incomodou."

"Mas um aceno! De uma inglesa, é quase um aperto de mão caloroso. Ela só se dignou a falar comigo porque eu estava prestes a cutucar um cogumelo com um pedaço de madeira."

"O Bom Deus cuida dos tolos. No seu caso, ao que parece, ele manda inglesas de vez em quando."

"Eu achei que tivesse mandado você."

"Você é trabalho o bastante para duas pessoas, jovem."

Um pensamento me atingiu. "Você não comeu o peixe, comeu?"

"Jesus na cruz, claro que não. Você me acha um idiota?"

Às vezes me falta tato, mas eu sabia que não devia retrucar. "De jeito nenhum", respondi, e me retirei para o meu quarto enquanto Angus murmurava e resmungava sobre lebres-bruxas e peixes com cordinhas. (Pensei em lhe contar sobre meu encontro com a lebre, mas o que eu poderia dizer? Que me olhou de um jeito estranho? Que se movia de um jeito horrível?)

Estava frio no quarto, e eu ainda estava meio vestido quando ouvi outro ranger suave de tábuas: alguém passando pela minha porta. Dessa vez pulei da cama, ignorando por completo qualquer furtividade, e a abri.

Lá! Um vulto branco acabava de sumir. Peguei uma vela e corri atrás, chegando ao corredor onde o havia perdido na noite anterior, e vi a figura no escuro, pálida como um fantasma. Ela não entrou por nenhuma das portas, movendo-se com propósito em direção à escada.

Uma figura vestida de branco, pensei. Não um criado, a menos que Roderick tivesse dado a seus criados um uniforme que mais parecia uma mortalha. Não levava uma vela e arrastava os pés, os passos parando de forma estranha, e ainda assim se movendo relativamente rápido, sem ligar para a escuridão.

Não prestou atenção em mim quando me aproximei. Ia descendo as escadas quando enfim a alcancei e pude distinguir outros traços além da brancura fantasmagórica. Cabelos brancos, um tecido branco esvoaçante, a pele tão pálida que era quase transparente...

"Madeline?", perguntei.

Ela usava uma camisola de mangas curtas. Até aquele momento, eu não tinha percebido quanto peso ela havia perdido. As roupas estavam folgadas, e o que poderia ter sido um decote modesto em uma mulher maior, agora chegava abaixo de sua clavícula. As aberturas para os braços pareciam escancaradas, revelando parte de suas costelas. Rezei para que fossem as sombras que as fizessem parecer tão saltadas.

Ela deu outro passo arrastado para baixo, com as mãos pendendo frouxas junto ao corpo. Os olhos estavam abertos, indo de um lado para o outro, embora eu não pudesse dizer se estavam focados. Ela estava sonâmbula?

"Madeline..." Olhei ao redor, torcendo para que ninguém mais aparecesse e a visse naquele estado de nudez. Principalmente Denton, ou mesmo Angus. "Madeline, está me ouvindo?"

Ela não respondeu. A sabedoria popular dizia que você jamais deve acordar sonâmbulos, mas a sabedoria popular não tinha considerado uma mulher andando no escuro por uma casa com piso deteriorado, uma ala em ruínas e varandas que levavam a uma queda de dez metros para dentro de um lago. "Maddy, por favor, acorde."

Ela olhou em minha direção, embora eu não conseguisse saber se ela me via ou se estava olhando através de mim. Seus lábios se franziram e produziram um som que era meio assobio, meio pergunta.

"Quee...?"

"É Easton", anunciei, embora eu não tivesse certeza de que ela estava falando comigo ou se era algo em seu sonho. Ela deu outro passo à frente. Segurei seu braço e quase o larguei. Sua pele não estava mais quente do que o ar, e se ela não estivesse tão obviamente viva, eu teria pensado que tocara um cadáver. Deve ser por isso que falei em um tom mais brusco do que pretendia. "Madeline!"

Ela tropeçou. Eu a agarrei para mantê-la de pé, sentindo a pele solta demais sob meus dedos. Meu Deus, será que eu estava deixando hematomas?

Olhei para minha mão em seu braço e sofri outro choque.

Quantas vezes alguém pensa nos pelos finos dos braços de uma mulher? Não com frequência. Suponho que as mulheres que têm pelos mais grossos ou escuros podem se preocupar com isso, mas fazia décadas que eu não tinha essas preocupações, e minhas irmãs sem dúvida nunca falaram sobre o assunto. E, nas pessoas muito idosas, parece que os pelos apenas desaparecem.

Os de Madeline eram brancos, da cor dos cabelos em sua cabeça, com a mesma textura fina e flutuante. Em comparação, sua pele parecia quase rosada. Minha mão parecia incrivelmente bronzeada, e os filamentos brancos se agitaram como uma espécie de erva daninha pálida.

"Vamos lá", encorajei, tentando esconder meu horror. "Vamos lá, vamos levar você de volta para o seu quarto. Está frio demais para sair." Olhei para baixo e vi que ela estava descalça. Meus próprios chinelos eram inadequados para o frio que irradiava dos degraus de pedra; eu não podia imaginar como seus pés deviam estar frios. Eu a teria pegado no colo e carregado, mas estava com medo de lhe fazer mais mal do que bem. "Vamos lá, Maddy."

Ela exalou algo, quase uma palavra, mas não consegui entender. Então seus olhos se reviraram à luz da vela e achei que ela podia desmaiar. Tentei pegá-la com a mão livre, mas ela se endireitou e disse: "Roderick?".

"Não, é Easton."

"Ah..." Ela piscou para mim, os olhos arregalados à luz da vela. "Ah, sim. É claro. Olá, Alex." Ela levou a mão de passarinho ao rosto.

"Você estava sonâmbula."

"Estava?" Ela olhou ao redor. "Eu... sim, claro, eu devia estar sonhando."

"Posso levá-la de volta aos seus aposentos?"

Ela olhou para as escadas. "Não precisa."

"Por favor", insisti. "Pela minha paz de espírito. Está frio e vou passar a noite em claro pensando que você congelou e que vão encontrá-la parecendo um dos Mármores de Elgin.

Ela riu um pouco, como era minha intenção. "Não um dos sem cabeça, espero."

"Se você cair da escada e sua cabeça quebrar, não quero ser ê responsável. Vamos lá." Enfiei meu braço por baixo do dela e a puxei com delicadeza pelos degraus.

Ela seguiu com relutância, ainda olhando por cima do ombro para as escadas. "Sinceramente, Alex, estou bem. Lamento ter incomodado."

Quando olhei para o seu rosto, havia algo estranho e furtivo em sua expressão. Prendi seu braço com um pouco mais de firmeza junto ao meu, tomade por uma noção louca de que ela poderia sair em disparada de repente, mas a levei até a porta de seu quarto e ela seguiu ao meu lado.

"Sua criada deveria ser avisada de que você é sonâmbula", falei ao soltá-la.

"Minha criada... sim..." Ela deslizou pela porta para a escuridão. Meus pés e coração estavam mais pesados quando voltei pelo corredor.

Descobri que não conseguia dormir. De repente, o ar parecia abafado e sufocante, apesar de todo o frio. Imaginei as cortinas ao redor da cama como grandes lamelas de cogumelos, pingando esporos invisíveis no meu rosto. Argh. Não era de admirar que Maddy fosse sonâmbula.

Afastei a cortina da cama e peguei meu roupão. Talvez um pouco de ar fresco ajudasse. A srta. Potter explicara, muito prestativa, que havia esporos de fungos em todo o ar, mas se eu não os via, podia ignorá-los.

Abri a porta e fui até a varanda no final do corredor, com vista para o lago.

O lago estava cheio de estrelas refletidas. A água estranha lhes dava um leve tom esverdeado, piscando de leve diante dos meus olhos, provavelmente por causa das ondulações. Não que o lago medonho parecesse ondular quando eu olhava. Voltei a vista para cima, para longe da água, esperando encontrar uma âncora nas constelações familiares.

Não havia estrelas.

Acredito que fiquei olhando por pelo menos meio minuto enquanto essa compreensão se espalhava aos poucos pelo meu cérebro. A noite estava nublada; o céu, cinza-escuro com apenas uma lasca de lua visível.

Olhei para baixo, para um lago cheio de estrelas.

Certa vez, em um navio no Mediterrâneo, vi o mar brilhar com mil partículas de luz azul. Plâncton, o imediato me disse. Plâncton bioluminescente. Depois que ele se afastou, um dos marinheiros disse: "Não dê ouvidos a ele, senhore. Os mortos carregam lanternas lá no fundo".

As luzes do lago eram semelhantes àquelas luzes no mar, embora mais verdes do que azuis. Centenas de pontinhos brilhantes sem uma fonte discernível. Um plâncton brilhante? Isso acontecia em lagos? Eu não fazia ideia. Talvez a srta. Potter soubesse.

Agarrei a beira da balaustrada. Enquanto olhava, comecei a distinguir um padrão nas luzes. A fraca cintilação era uma sequência, não apenas o movimento da água. Um ponto brilhava e depois desaparecia, e então o ponto ao seu lado fazia o mesmo, de modo que a luz parecia ir saltando ao longo de uma trilha. Então o brilho começava do início de novo.

As luzes pareciam delinear várias placas planas e irregulares sobre a água. Inclinei-me para a frente, perscrutando as profundezas, e tive a impressão de que havia mesmo algo lá, algo que refletia a luz apenas um pouquinho diferente do resto da água, embora fosse uma substância transparente. Placas de vidro? Gelatina? O que quer que fizesse algumas partes da superfície da água parecerem foscas durante o dia?

A lua começou a sair de trás da nuvem, mas as luzes não pararam. Pelo contrário, ficaram mais brilhantes e mais frenéticas. *Algas*, a srta. Potter dissera com desdém. Será que as algas tinham folhas feitas de gelatina e delineadas com luzes?

As luzes do Mediterrâneo eram lindas. Talvez, se eu tivesse visto aquelas ali em um navio, também as teria achado lindas. Mas no lago escuro e miserável, naquela terra sombria e arrasada, era apenas mais uma coisa desagradável. Talvez essa fosse a origem da doença de Madeline. Ela havia colocado os pés no lago e só Deus sabia que tipo de veneno aquelas coisas abjetas exalavam na água ao seu redor.

Eu me virei. Atrás de mim, o lago continuou a pulsar e dançar sob a lasca preocupada da lua.

Capítulo 6

A QUEDA DA CASA MORTA

O dia seguinte foi bom. Digo isso porque foi um nítido contraste com todo o resto. A casa ainda era úmida e escura e estava caindo aos pedaços; Maddy e Roderick ainda pareciam um par de cadáveres rumo ao caixão; Denton ainda não sabia se devia ou não se levantar quando eu entrava na sala, mas mesmo assim... foi bom. Roderick tocou piano e cantamos mal juntos. A voz de Maddy mal passava de um fio, e eu quase consegui cantar o refrão de "Galácia Seguirá em Frente" se alguém cuidasse de todo o resto depois da primeira estrofe. Denton não conhecia a maioria de nossas canções e nós não conhecíamos nenhuma das dele. Mas nada disso importou muito. Ele cantou algo sobre o corpo de John Brown, e eu aprendi o suficiente para exclamar: "Glória, glória, aleluia!", nos momentos apropriados.

Contudo, Roderick era um gênio no piano. Quando nos cansamos de trucidar canções populares, ele se pôs a tocar músicas dramáticas de grandes compositores.

(Mozart? Beethoven? Não me pergunte. Era música, fazia dum-dum-dum-DUM, o que mais você quer que eu diga?)

Foi *divertido*. As pessoas adoram falar em felicidade e alegria, mas a diversão leva você tão longe quanto e, em geral, é mais barata. Nós nos divertimos. Maddy riu e bateu palmas, e suas bochechas estavam coradas. Eu rezava para Deus e para o Diabo que a carne estivesse fazendo efeito, mesmo que o cozinheiro tivesse que usar fogo de morteiro para amaciar a fera.

Maddy foi para a cama, e eu abri uma garrafa de livrit. Livrit é uma especialidade galaciana, o que significa que é horrível. Assemelha-se fortemente à vodca, embora a vodca tenha vergonha de aceitar a comparação, visto que o livrit é adoçado pelas amoras-brancas-silvestres que crescem nas montanhas. Isso poderia até resultar em algo palatável, e como não podemos aceitar uma coisa dessas, também adicionamos líquen. A bebida resultante começa com um quê de xarope, termina amarga e queima garganta abaixo. Ninguém gosta, mas é feita tradicionalmente por viúvas como um meio de se sustentar, então todo mundo bebe porque você não pode deixar velhinhas morrerem de fome quando, em vez disso, poderiam estar subindo montanhas para raspar líquen das rochas.

Todos os soldados galacianos que conheço carregam pelo menos uma garrafa de livrit consigo. É um lembrete de que somos parte de uma grande e gloriosa tradição de pessoas que fazem gestos galantes a serviço de um país que não consegue encontrar o próprio rabo nem com um mapa. Como oficial, carrego três, para o caso de eu encontrar algume pobre coitade que já bebeu sue única garrafa.

Nós brindamos à Galácia e à Ruravia, Denton teve ânsia de vômito, e Roderick e eu comemoramos essa reação completamente normal ao livrit. Brindamos à América e às papilas gustativas que seu filho havia perdido naquele dia. Então brindamos a mais algumas coisas, inclusive à beleza de Maddy, camaradas caídes e à tolice dos exércitos.

Por fim, nos separamos e fomos para a cama, e esse foi o último dia remotamente normal na casa de Usher.

Eu havia sentado na cama para tirar as botas quando ouvi o rangido das tábuas do piso do lado de fora do quarto. Estava tão tarde assim? Havíamos farreado por algumas horas, tempo suficiente para que Maddy pudesse ter começado a ficar sonâmbula de novo. Enfiei o pé de volta na bota e abri a porta em um movimento súbito.

"Ah!", exclamei, sobressaltade. "É você."

Denton me olhou com uma leve surpresa. "Estava esperando outra pessoa?"

"Pensei que poderia ser Madeline." Percebi um pouco tarde demais como isso devia soar, como se eu estivesse esperando que Maddy fosse visitar meus aposentos durante a noite. "Eu a encontrei sonâmbula na outra noite."

"É mesmo?" Denton franziu a testa. "Eu não sabia que ela fazia isso. Roderick disse algo sobre ela andar pelos corredores, mas pensei..."

"Eu sei", respondi, fechando a porta atrás de mim. "Ela não parece bem o suficiente para andar muito sem ajuda. Fiquei com medo de que ela desmaiasse ou caísse."

"Você a acordou?"

"Acordei. Sei que não devemos acordar alguém sonâmbulo, mas ela me agradeceu. Disse que estava sonhando."

"Este lugar cria pesadelos", disse Denton, com inesperada selvageria. "Preciso tomar um pouco de ar."

"Vou me juntar a você", sugeri. O livrit estava passando e eu não estava com vontade de recobrar a sobriedade naquele quarto fechado. A varanda com vista para o lago tinha pouco apelo, mas me ocorreu, no fundo de meus pensamentos, que talvez Denton também pudesse ver as luzes estranhas. "Também não tenho dormido bem."

Quando nos vimos ao ar livre, perguntei: "O que você quis dizer com *este lugar cria pesadelos?*".

"Roderick", respondeu Denton, encostado no parapeito de pedra. "Ele reclama de pesadelos. Diz que as paredes os exalam."

Não sabia se era o caso das paredes, mas com certeza eu conseguia imaginar o lago fazendo isso. Não importava o quão inocente a água parecesse agora, eu não conseguia me livrar da memória daquelas placas estranhas e transparentes e dos contornos de luz ondulantes.

"Você teve algum?" Não era uma pergunta que eu normalmente fizesse a alguém que conhecia tão pouco quanto Denton, mas há coisas sobre as quais dois velhos soldados podem conversar no escuro, depois de beber, que nunca discutiriam à luz do dia.

"Tive um pesadelo ontem à noite", revelou Denton, sem olhar para mim. O lago refletia as estrelas, escuro e imóvel. "Eu estava na tenda cirúrgica, fazendo amputações. Depois de uma batalha... a maneira como as balas de fuzil estilhaçam membros... amputávamos dezenas em um dia. Um dos ordenanças os retirava, mas tínhamos que agir muito rápido, antes que os homens sangrassem até a morte, então eles acabavam do lado de fora da barraca, empilhados. Eu estava olhando para a pilha, e havia tantos membros decepados... mas estavam vivos. Estavam se movendo."

"Bom Deus", falei em tom horrorizado.

"Ainda estavam vivos, e percebi que não deveríamos tê-los amputado. Se eu pudesse levá-los de volta para os seus donos, poderia costurá-los de volta. Poderia deixar aqueles homens inteiros outra vez. Mas eram tantos, e havia um monte de soldados implorando pela minha ajuda, e eu não sabia qual perna ou braço era de quem. Havia tantos homens, e não pude ajudar nenhum deles..." Sua voz sumiu.

Eu estremeci. "Sinto muito."

"Já não sonho tanto com a guerra", contou ele. "Foi há muito tempo. Faz muito mais tempo para mim do que para você, imagino, mas você nem sempre vai sonhar com ela. Caso isso lhe preocupe."

Eu assenti com a cabeça. Não me daria o trabalho de negar. Eu tinha sido um bom soldado. Melhor nisso do que em qualquer outra coisa. E sempre pensei que, se haveria guerras estúpidas e sangrentas, era melhor que lutassem nelas pessoas boas no que faziam. Pessoas que sabiam o que esperar, quando se abaixar para se proteger e quando correr.

Pessoas que sabiam como era quando ume companheire levava um tiro e que conseguiam estancar o sangramento em vez de ficarem olhando boquiabertes.

Mas há um preço que você paga por ser bom em algumas coisas. A guerra é o pano de fundo da maioria dos meus sonhos. A casa onde cresci, o chalé da minha avó e a guerra, como se fosse um lugar onde eu tivesse morado. Não posso nem dizer que são todos pesadelos. Às vezes é apenas onde o sonho está acontecendo.

Denton sabia. Roderick talvez soubesse. Não sei. Ele sempre foi nervoso. Não há nada de errado com isso. Ser nervoso ajuda a sobreviver. Também significa que você se desgasta mais rápido e deixa o resto de sua unidade louca, mas cada um lida do seu jeito. Ele jamais seria um soldado de carreira, mas tudo bem. Nem todo mundo deveria ser. No mundo ideal, ninguém precisaria ser, mas esse é um problema maior do que eu poderia resolver hoje.

Olhei para a água parada. Não brilhava esta noite. Eu me perguntei se poderia me convencer de que tinha sido um sonho. *Este lugar cria pesadelos.*

Não. Eu sabia o que tinha visto. Não sou uma pessoa dada a fantasias. (Certa vez, uma francesa me disse que eu não tinha poesia na alma. Recitei um versinho sujo e ela jogou um limão na minha cabeça. Paris é uma cidade maravilhosa.) Se eu não conseguia mais distinguir entre os sonhos e as horas acordade, então havia algo de errado comigo, assim como com os Usher.

"O que você acha desse lago?", perguntei a Denton, de súbito.

"É uma coisa lúgubre", opinou Denton. Se ficou surpreso com minha mudança de assunto, nada disse. "Seria de se imaginar que um lago imaculado de montanha fosse ser pitoresco."

"Os da Galácia são."

"Só cruzei a fronteira uma vez, eu acho. O lugar com os nabos nas persianas, certo?"

Murmurei algo em defesa dos nabos e olhei para a água. "É como se não refletisse direito."

"O lago?" Denton se inclinou sobre a balaustrada e olhou para baixo. "Talvez. Ou o que está refletindo é tão deprimente que não ajuda. Não sei. Isso me lembra algumas das nascentes que temos nos Estados Unidos. Com cores fantásticas dos minerais lixiviados nelas, e capazes de matar você se beber sua água." Ele se endireitou. "Embora eu suponha que isso já teria acontecido, pois imagino que é daí que a água é retirada."

Fiz uma careta. Eu não tinha pensado nisso. Se algo no lago estivesse envenenando Madeline, agora estava em todas as nossas veias. Senti um vago enjoo, mesmo sabendo que era minha imaginação. "Achei ter visto luzes lá dentro, na outra noite."

"Luzes?" Ele olhou para mim, surpreso. Desejei não ter dito nada. Claramente o livrit tinha soltado a minha língua.

"Como reflexos das estrelas. Só que estava nublado e não havia estrelas. Não sei. E quando olhei para elas, as luzes pareciam pulsar. Achei parecidas com as luzes que você às vezes encontra no mar." Eu estava minimizando o ocorrido, mas parecia uma completa maluquice quando eu dizia aquilo em voz alta. Eu deveria ter conversado com a srta. Potter primeiro e conseguido algumas palavras científicas para usar como talismã. "A inglesa que vaga por aí e pinta cogumelos acha que há algum tipo de alga na água."

"Hum." Denton olhou para a água. "Até que não me surpreende. Nada que cresça nesse lago me surpreenderia."

Eu me juntei a ele, olhando para baixo sobre a beirada. Estava escuro, quieto e silencioso.

"Madeline quase se afogou no lago há alguns meses", disse Denton, em tom distraído.

"O quê?!"

"Roderick não lhe contou?" Por um momento, ele também pareceu desejar não ter dito nada. Então deu de ombros. "Ela alega não se lembrar. Teve um episódio e caiu. Roderick tinha certeza de que ela havia se afogado quando a puxou, mas, por ironia do destino, a catalepsia pode tê-la salvado. Ela não sugou água para os pulmões, entende."

"Pelo sangue de Cristo." Lembrei-me do vulto branco de Madeline na margem do lago. Por que ainda estava visitando aquela coisa sozinha? Eu deveria conversar com ela. Embora, sem dúvida, ela devesse estar ciente dos perigos.

Eu me distraí com meus pensamentos e quase perdi um lampejo esverdeado nas profundezas. "Ali! Você viu?"

"Eu vi alguma coisa... ali, de novo! Nossa." Denton se debruçou tanto sobre o parapeito que pensei que teria que agarrá-lo e puxá-lo de volta. "Hum."

Ficamos observando a água por um longo tempo, mas não havia mais luzes para serem vistas. Depois de um tempo nos separamos e voltamos para nossas respectivas camas. Não sei como foi para Denton, mas, no meu caso, o sono demorou a chegar.

Era de manhã cedo quando ouvi as tábuas do assoalho rangerem de novo. Meu Deus, eram melhores do que campainhas. Desta vez, os passos eram arrastados e interrompidos, e eu soube que não era Denton.

Eu tinha até conseguido dormir algumas horas, e tenho vergonha de admitir que por um momento pensei em apenas ignorar o barulho e voltar a dormir. Livrit morde feito uma mula destemperada, mesmo se você estiver acostumade. Mas o cavalheirismo exigia que eu me levantasse, porque aqueles passos leves e hesitantes só podiam ser de Maddy.

Ela já havia saído do corredor quando terminei de vestir meu roupão, mas não importava. Eu tinha uma ideia de para onde ela estava indo. Alcancei-a na metade da escada.

Seu modo de andar era rígido e estranho, começando e interrompendo os movimentos em pontos incomuns. Aquilo me fez lembrar de algo, embora eu não conseguisse distinguir o quê. Mais importante, significava que ela avançava devagar pelos degraus, e meu estômago se revirou com o pensamento de como seria fácil ela cair.

"Madeline, você está sonâmbula de novo."

Ela se virou para me olhar, os olhos mais uma vez brilhantes, mas sem foco.

"Queeeem?", ela respirou.

"Sou eu. Easton. Lembra?"

Madeline balançou a cabeça de um lado para o outro. Mas não parecia estar balançando a cabeça, exatamente. O pescoço inteiro se moveu. Lembrei-me da maneira como Hob balança a cabeça para espantar as moscas. "De aaaiiis..." Outro balançar estranho.

De ais?

Então compreendi. *Demais*. Seus lábios se moviam como se estivessem rígidos, e o "M" mal saiu, enquanto os demais sons foram prolongados. Demais. Demais o quê?

"Queeeem?" Ela estendeu a mão para mim, apontando. Palavras demais? Tentei simplificar. "Easton. Eeeastoon."

Madeline pareceu relaxar, como se eu finalmente tivesse entendido o que estava perguntando. "Eeeestun."

"Sim. Isso mesmo." Era a catalepsia? Denton dissera que ela ficava paralisada, como se estivesse em coma, mas seria esse outro sintoma? Será que os lábios e, talvez, a articulação na parte superior do pescoço não conseguiam se mover? Será que ela não estava conseguindo focar os olhos e ver quem eu era? Ou ainda estava sonâmbula, e eram apenas sintomas de seu sonho? Segurei seu braço para o caso de ela cair. Mal ousei tocar a pele, mas conseguia sentir os pelos mortos, finos e brancos fazendo cócegas na palma da minha mão.

"Um", disse ela. "Dos... têêêêsss... quato... cinco... sssssessss..." Ela fez uma pausa como se estivesse pensando. "Sete... oito... nooofe... deeez." Ela olhou para mim. "Bom?"

"Muito bem", falei, imaginando o que diabos estava acontecendo.

Ela assentiu, jogando a cabeça para cima e para baixo com a violência de um cavalo ao tentar se desvencilhar do freio. "Fooorça", falou ela. "Res'iraaar ar fooorça." Respirar o ar com força, traduzi na minha cabeça depois de um momento de perplexidade. Ela estava dizendo que estava difícil respirar? Estava contando as respirações?

Então ela sorriu, e foi terrível.

Os lábios de Madeline se ergueram nos cantos em uma terrível paródia de bom humor, com a boca se esticando dolorosamente, o queixo caindo tanto que parecia quase um grito. Acima daquele sorriso horrendo, os olhos eram inexpressivos e mortos como pedras.

Não me iludo achando que vi todas as maneiras que a mente humana pode falhar, embora tenha testemunhado centenas de maneiras diferentes de soldados e civis sucumbirem mentalmente na guerra. Mas eu nunca tinha visto um sorriso como aquele.

Cambaleei para trás, soltando seu braço. Houve uma leve sensação de algo se rasgando contra meus dedos. Foi tão inesperado que olhei para baixo e vi minha mão coberta pelos finos pelos brancos de seus braços. Meu Deus, será que eu tinha fechado a mão e os arrancado pela raiz?

Não. Quando olhei com horror para o seu antebraço, havia uma marca de mão na pele nua. Cada dedo estava visível, e também o contorno do meu polegar contra o pulso dela, mas eu não tinha deixado hematomas. Será que as raízes estavam tão superficiais que meu mero toque arrancara os fios?

O novo horror substituiu o antigo. Olhei para cima e ela não dava mais aquele sorriso terrível. "Ah, Maddy...", lamentei, tentando limpar os pelos na calça. Estavam grudados nas minhas palmas suadas como pelos de gato.

Ela balançou a cabeça de novo. "'Addy não."

"O quê?"

"*Maddy* não." Ela estava tentando pronunciar com clareza, embora o "M" mal fosse audível. Ela bateu o pulso contra o esterno e eu estremeci, temendo que mesmo aquela leve pressão deixasse hematomas.

"Não?" Com o que diabos ela estava sonhando?

Outro aceno de cabeça agitado. "Um", disse ela. "Maddy um. Eeeeu um. Maddy... eeeeu... dois."

"Dois", concordei.

Ela pareceu ceder. "Res'iraaar ar fooorça", murmurou.

Eu não sabia se deveria tentar acalmá-la ou se evitava tocá-la de novo.

"Você deve estar cansada", falei em tom compassivo.

"Cansaaada", concordou ela.

"Vamos voltar para o seu quarto", sugeri. Segurei-a pelos ombros, onde o tecido os cobria, relutante em tocar sua pele de novo por medo de arrancar mais pelos. "Por aqui."

Maddy me permitiu conduzi-la de volta a seu quarto. Ela foi apontando para as coisas enquanto passávamos e nomeou cada uma, como uma criança pequena aprendendo a falar. "Paaaredeee. Escaaadaaaa. Veeelaaa. Eaaastonn."

Não havia qualquer criada do lado de dentro quando abri a porta do quarto. Maldição. Eu a levei até a cama, imaginando como a faria deitar sem fazê-la entrar em pânico ou sem deixar ainda mais hematomas. "Deite", pedi, como se ela fosse um cachorro. "Vamos deitar."

"Deitaaaar", concordou ela. A cama estava uma bagunça. Vi um monte de cabelos nos lençóis, como se estivessem caindo. Pelo sangue de Cristo. Nunca é um bom sinal quando o cabelo das pessoas cai. Eu teria que contar a Denton.

Infelizmente, assim que coloquei Maddy na cama, percebi que não fazia ideia de qual quarto era o dele. Havia uma centena de portas nessa enorme casca oca. Eu poderia sair gritando, suponho, mas o que Denton faria à noite que não poderia fazer à luz do dia?

Eu estava na metade do caminho de volta ao meu quarto quando percebi o que o andar desconjuntado de Maddy lembrava.

Era a lebre.

Capítulo 7
A QUEDA DA CASA MORTA

Ao desjejum, encontrei Roderick antes de conseguir falar com Denton. "Você viu Maddy hoje?", perguntei. "Ela estava sonâmbula de novo ontem à noite. E parecia muito confusa. Não me reconheceu e não conseguia falar muito bem." Decidi não mencionar aquele sorriso terrível ou o seu andar rígido que me fez lembrar da estranha lebre rastejante.

"Isso acontece às vezes", disse Roderick, olhando para o prato.

"A criada não consegue impedi-la de sair andando?"

"A criada dela morreu há três meses."

Isso me chocou. Não havia criada. É claro que eles não teriam dinheiro para contratar outra. Eu era tão idiota. Tentei de novo: "O cabelo dela está caindo. Ela está... ficando sem nada. É terrível".

"O cabelo dela. É." Roderick assentiu. Depois de um momento, ele acrescentou: "Isso está acontecendo. Os criados tentam limpar, mas...".

"Roderick..." A derrota em sua voz me enfureceu. Ele não via que a irmã estava morrendo? "Você precisa fazer alguma coisa!"

"Fazer *o quê*?" Ele bateu o punho no aparador com fúria repentina. "Você acha que eu não sei? Acha que eu não resolveria isso se pudesse? Levá-la para Paris... explodir esta casa maldita... aterrar aquele lago maldito..."

Pisquei em surpresa. Parte de mim dizia que explodir a casa não era uma solução real para os problemas de Madeline, mas outra parte já estava calculando quanta dinamite seria necessária.

Ele deve ter interpretado bem minha expressão, porque desabou em sua cadeira, a raiva se esvaindo com a mesma rapidez com que viera. "Não me tente, Easton. Já sei até onde acenderia o fósforo."

"Acredito que ê tenente quis dizer que você deveria chamar outro médico", disse Denton, da porta. Ele acenou para mim. "Bom dia, Easton."

"Não foi bem isso que eu quis dizer", corrigi, embora a ideia de chamar um especialista de Paris tivesse passado pela minha cabeça.

"Não vejo por que não", replicou Denton. "Não é possível que eu tenha impressionado vocês com meu conhecimento sobre o caso dela." Ele não parecia ofendido.

"Você sabe mais do que eu, sem dúvida. Você viu como o cabelo dela está caindo?"

"Eu vi." Ele olhou feio para a sua xícara de chá. "Não é incomum em uma doença grave. Agora me pergunte como ela ainda tem cabelo na cabeça."

Parei de mover a xícara de chá a caminho dos lábios.

"Eu não sei", disse ele, respondendo à pergunta de qualquer maneira. "Não faço a mínima ideia. Se está caindo tanto, não deveria estar crescendo de novo, mas está."

"E está branco também", falei.

"Sim. O que consigo supor é que não está bem crescendo, é mais como quando os folículos e a pele se retraem, que nem quando o cabelo de uma pessoa cresce depois que ela morre..."

"Não quero mais ninguém", disse Roderick. "Chega de médicos. Isso tudo já foi muito mais longe do que deveria. Não quero Madeline sendo cutucada e examinada feito... feito um animal em uma gaiola." Sua súbita animação parecia ter se esvaído. Ele se encostou no aparador, cambaleando como se estivesse exausto.

Baixei a cabeça, pedi licença e fui para os estábulos.

"Isso tudo está uma bagunça, garoto", falei para Hob.

Suas orelhas indicavam que concordava, principalmente porque ele não estava recebendo guloseimas. Por isso, tirei uma maçã de um alforje próximo. Havia grandes pomares mais abaixo na montanha e eu tinha comprado várias sacas, mas depois me esqueci delas. Hob, ao que parecia, não se esquecera.

"Estou começando a me perguntar se há mesmo algo na água. Algo fatal."

Hob expressou que a falta de maçãs poderia ser fatal também.

"Denton não sabe. Não sei a quem mais perguntar." O capão do médico colocou o nariz por cima da porta da baia e, embora não tenha dado nenhum conselho útil, estendi uma maçã para ele também. Os ruídos satisfeitos de mastigação equina me seguiram enquanto fui procurar a biblioteca de Usher.

Cada solar tem uma, é claro. Não sei o que eu esperava fazer lá. Não é como se fosse ê leitore mais perspicaz, e eu sabia que um livro de medicina devia estar além das minhas capacidades, ainda mais em outro idioma. Falo bem ruraviano, francês e inglês, e tenho um conhecimento básico de alemão (até porque os alemães sempre mudam, na mesma hora, para outra língua, que eles sempre falam melhor do que você, e pedem com toda a educação que você pratique com eles). Mas ler nessas línguas é outra história, ainda mais um texto técnico. Mesmo assim, eu precisava tentar. Eu tinha colocado na cabeça que poderia haver uma doença entre as lebres que também afetara Maddy. Se não fosse uma doença, talvez um parasita. Carne de porco malcozida e coisas do gênero podiam deixar seres humanos doentes, então por que não algo em uma lebre?

O problema, é claro, era que eu só tinha uma vaga ideia, como caçadore, de como o interior de uma lebre deveria ser, então se fosse algo mais sutil do que "tem um troço se retorcendo onde não deveria haver", eu não conseguiria saber só de matar uma lebre e dissecá-la. Daí a biblioteca.

Fileiras de volumes de couro me olhavam das prateleiras altas. Não havia fogo na lareira, e a umidade fria e penetrante pairava no ar como neblina.

Ao olhar para todos aqueles livros, meu peito apertou. O que eu estava procurando? Um livro que dissesse "Anatomia da lebre europeia, com diagramas rotulados de maneira clara para iniciantes", talvez? As pessoas sequer faziam livros assim?

"Bem, pois deveriam", resmunguei para mim mesmo. "Seria mais útil do que metade dos livros escritos hoje em dia. De quantas obras sobre a vida de Lord Byron o mundo precisa, afinal?" Peguei um livro ao acaso e o abri.

Tentei abri-lo.

As páginas inchadas estavam grudadas. Coloquei a unha entre duas delas e consegui separá-las, só para acabar rasgando uma ao meio, deixando a maior parte presa na página oposta. O livro não estava apenas úmido, estivera encharcado por tanto tempo que quase se transformara em mingau.

Gemi e peguei outro livro. As páginas estavam onduladas por terem inchado e secado e inchado e secado, e embora abrisse, havia uma linha de mofo nas bordas, tão escura que quase poderia ser confundida com uma borda decorativa.

"Pelo sangue de Cristo", murmurei para mim mesmo.

"Ah", disse Roderick, da porta. "Você encontrou a grande biblioteca. O orgulho de gerações da linhagem dos Usher." Ele deve ter visto minha expressão, porque seus lábios se torceram em um sorriso sem humor. "Não se preocupe, meu pai vendeu todos os livros raros. Não perdemos muito."

"Estão todos assim?", perguntei, olhando para as estantes com seu fardo de palavras apodrecidas.

"Cada um deles. Os criados secam alguns de vez em quando para usar de combustível. Os volumes queimam se você os aquecer o suficiente." Seu olhar varreu as prateleiras como se as imaginasse em chamas.

Eu não sabia o que dizer. Como expressar compaixão pelas ruínas do solar de um homem? Tentei pensar em uma piada. "Você deveria ter ficado na Galácia, Roderick. Então poderia ter ido à biblioteca real e pegado um livro."

"Nós todos deveríamos ter ficado na Galácia", disse ele, sem ligar para a minha tentativa de piada. "Minha mãe estava certa."

"Vocês dois podem ficar comigo", sugeri. "Admito que só possuo um ex-chalé de caça muito pequeno, e estaríamos morando nos bolsos um do outro, mas é um lugarzinho bem confortável."

Roderick balançou a cabeça. "Ela se recusa a partir", repetiu ele. "E eu…" Ele olhou ao redor do aposento, um homem olhando para o rosto de seu inimigo. "Estou começando a pensar que este lugar matou a todos nós, ao longo do tempo. Talvez seja tarde demais para mim também."

"É só um edifício, Roderick."

"É?" Ele se virou. "Eu ouço os carunchos roendo as vigas", murmurou. "Que Deus permitisse que roessem um pouco mais rápido."

Não posso dizer que essa conversa me colocou em um estado de espírito muito esperançoso. Saí da biblioteca e fui procurar Denton.

"Olá", cumprimentou ele, erguendo os olhos do livro que estava lendo (que, imagino, ele havia trazido). "Você está com um olhar particularmente determinado."

"O que você sabe sobre lebres?", perguntei.

Ele piscou com surpresa. "Perdão?"

"Lebres. Os animais. Orelhas longas. Pulam por aí. Ficam se socando na primavera."

"Você está falando de coelhos?"

Deus me salve dos americanos. "Não, são maiores. Vocês não têm lebres lá?"

Ele teve que pensar um pouco. "Hã... espere, acho que existem mais ao norte. Lebres-americanas, acho que é o nome. Por quê?"

"É possível que as lebres estejam com uma doença que possa ter afetado Madeline? Algo que ela poderia pegar delas de alguma maneira?"

"Não conheço nenhuma."

"Mas é possível? Algo que poderia afligir tanto lebres quanto uma pessoa?"

"Claro que é possível. A raiva afeta ambos. Mas imagino que você não está sugerindo que Madeline está com raiva."

"Não, não." Afundei na cadeira. "As lebres por aqui agem de uma maneira estranha. Todos os moradores dizem que estão possuídas. Não, eu não acredito nisso." Ergui a mão para evitar protestos de Denton. "A maioria de nós vai para o Diabo sem que ele precise supervisionar nada. Mas vi uma lebre na charneca que se movia de maneira muito estranha, e o sonambulismo de Maddy lembrou a lebre..."

Soou ridículo quando eu disse em voz alta. Eu estava desesperada para me agarrar a uma tábua de salvação e sabia disso. Mas Denton estava disposto, ao que parecia, a se agarrar à tábua junto comigo. "Você acha que há alguma relação?"

"Talvez? Maddy nunca foi de ficar doente, mas Roderick não foi acometido pela mesma condição, então pensei que não poderia ser apenas algum miasma no ar ou na água..."

"Os criados teriam mencionado se houvesse alguma doença parecida na aldeia."

"Sim, claro." Suspirei. A menção dos criados me lembrou de algo, no entanto. "A criada de Madeline. Você sabe do que ela morreu?"

"Ela se jogou do telhado."

Eu fiquei encarando-o.

"Esta não é uma boa casa para ninguém", disse ele, "mas, sem dúvida, menos ainda para aqueles de temperamento melancólico."

"Pelo sangue de Cristo."

Denton teve pena de mim, ou talvez fosse apenas sua maneira de agarrar aquela tábua. "Mas não é uma ideia ruim. Existem doenças que afetam apenas poucas pessoas. Lepra, por exemplo. A maioria de nós é imune, exceto os pobres coitados que não são."

Eu balancei a cabeça com animação. "Então Maddy pode ser suscetível. O problema é que, se eu matar uma lebre, não tenho como saber se tudo está normal, a menos que haja algo extraordinariamente errado. Você saberia dizer?"

"Não sou veterinário", falou ele. "Ou cozinheiro. Mas suponho que poderia dar uma olhada em uma e ver se algo chama minha atenção."

Eu assenti com a cabeça. "Então amanhã verei se consigo uma lebre para você."

* * *

No fim, foi Hob quem localizou a lebre, por quase ter pisado nela. Ele a viu no último instante, bufou e deu uma guinada para o lado, pulando em três cascos. Também levei um susto, ainda mais quando a lebre não se mexeu. Apenas ficou parada, olhando para nós com seus olhos selvagens e vazios.

"Vamos lá", disse eu à lebre. "Caminhe um pouco." Não me serviria de nada atirar em uma lebre que não estivesse sendo afligida por essa doença sem nome.

Ela não fez a gentileza de obedecer. Deslizei das costas de Hob e tirei a arma que usava para presas menores (não vacas). "Vamos lá, xô."

A lebre olhou para mim. Dei um passo para a frente, depois outro. Senhor, será que eu teria que cutucá-la com a bota?

Antes que eu a tocasse, ela se virou e começou aquela estranha caminhada rastejante, porém se moveu mais rápido do que eu esperava. Mirei a arma apenas para vê-la desaparecer em um minguado matagal de árvores sem vida, ou que pareciam muito estar mortas.

"É culpa minha por ter sido tão devagar", murmurei. "Hob, fique." Eu o amarrei e fui atrás da lebre.

As árvores mortas não pareceram melhores quando vistas mais de perto. Entrei no bosque à procura da lebre e a encontrei sentada, observando-me.

"Certo", falei. "Você com certeza tem, seja lá o que for." Comecei a mirar o cano, embora pudesse ter lhe dado uma coronhada com a mesma facilidade.

Um movimento no canto da minha visão me distraiu. Virei a cabeça e vi outra lebre, movendo-se da mesma maneira desagradável. De alguma maneira, quase parecia uma aranha. Associei, de forma súbita e absurda, com uma espécie de mão decepada andando sobre os dedos, ou de membros vivos separados de seus donos. Era óbvio que o sonho de Denton havia se alojado em meu cérebro.

Voltei para a lebre original, apenas para descobrir que uma terceira havia se juntado a ela. Todas as três se levantaram nas patas traseiras, observando-me.

Os cabelos da minha nuca se arrepiaram.

Atirei em uma delas. Podia ter sido a primeira, mas elas também podiam ter mudado de lugar. Uma criança não erraria a essa distância. O matagal ressoou com o tiro e a lebre caiu.

Nenhuma das outras se moveu. Nem se assustou.

O zumbido me atingiu depois do tiro e, enquanto o esperava diminuir, percebi que poderia haver ainda mais lebres atrás de mim agora e eu não as ouviria se aproximar.

O que não significava nada, eu disse a mim mesmo. (Odeio como o zumbido também parece abafar meus pensamentos, então sinto como se estivesse gritando dentro do meu próprio crânio.) Eram lebres, não lobos. Uma lebre poderia lhe dar uma mordida feia se você a agarrasse, mas não atacaria sua garganta.

Eu sabia de tudo isso, mas todos os meus instintos começaram a gritar que algo estava atrás de mim. Algo perigoso. Algo que não era uma lebre.

Não discuto com meus instintos. Eles haviam salvado minha vida na guerra. Eu me virei e encontrei mais duas lebres sentadas na beira do matagal, observando.

Aos poucos, minha audição começou a voltar ao normal, mas a sensação que fazia minha pele se arrepiar, de que Algo Mais estava presente, não diminuiu. Eu me virei de novo, e as três lebres originais agora eram quatro, como se outra tivesse brotado do chão feito um cogumelo.

"Certo", falei. Dei um passo adiante e peguei a lebre morta. "Isso..."

Ela se moveu na minha mão.

Atirei-a para longe com violência, mesmo sabendo que era uma convulsão, que muitos animais chutam depois de mortos. Eu havia atirado na cabeça, não poderia estar viva. Espasmos musculares, só isso.

Estava praguejando e me amaldiçoando quando a lebre morta começou a rastejar para longe.

Não tentou escapar. De alguma forma, essa foi a parte mais horrível de todas. Ela se arrastou de volta para a sua posição no círculo de lebres e ficou sentada, apesar de lhe faltar metade do crânio. Virou a cabeça, apontando o olho restante para mim, e aproximou as patas do peito como todas as outras.

O que olhou para mim através daquele olho não era uma lebre.

Meu autocontrole ruiu e eu saí correndo.

Talvez se eu fosse menos cético e mais crédulo, poderia ter me saído melhor. Na época, tudo em que consegui pensar era que não havia como eu ter visto o que achei ter visto. Os mortos não se levantavam e saíam andando por aí.

Às vezes, porém, os *quase* mortos o fazem. Já vi homens com ferimentos terríveis correrem cem metros para caírem sobre o inimigo. Já vi homens com balas alojadas em seus crânios continuarem a lutar, às vezes por dias. Caramba, Partridge, que estava sob meu comando, pensou que tinha apenas levado um golpe na cabeça até que um médico encontrou o buraco de bala quase uma semana depois. Felizmente ele teve o bom senso de não tentar removê-la. Até onde eu sei, Partridge ainda vivia, embora reclamasse que, desde a bala, perdera o paladar.

Era possível que a lebre fosse como Partridge. Talvez meu tiro não tivesse sido certeiro. Talvez, quando pensei que parte de sua cabeça estivesse faltando, fosse apenas o pelo ensanguentado caindo de uma maneira grotesca. As lebres eram do mesmo tom castanho-acinzentado dos juncos, não? Meus olhos podiam estar me enganando. E Deus sabia que eu estava ansiose e que meus nervos estavam à flor da pele. Não, eu não era ume observadore confiável.

Reformulei os acontecimentos em minha mente, tentando compor uma história divertida e autodepreciativa, e acabei a contando a Denton. "Todas as malditas criaturas me encararam, eu tive um ataque de nervos e fugi de um bando de animais que não chegavam até o topo das minhas botas. Acredita nisso? Um peito cheio de medalhas por bravura sob fogo e eu fiquei tode amedrontade por ter errado o tiro, e o traste maldito se debateu na minha mão." Forcei um sorriso pesaroso. "Com isso e a vaca, não estou me saindo bem quando o assunto é artilharia."

Apesar de minha empenhada tentativa de contar uma história divertida, Denton não se divertiu. Ele colocou as mãos sobre os joelhos, e uma linha se formou entre as sobrancelhas grossas. "Isso é muito inquietante."

"Para o orgulho da Galácia, sem dúvida."

"Não essa parte." Ele franziu a testa. "Roderick diz que você não é uma pessoa muito fantasiosa."

"Gosto de acreditar nisso, embora não seja possível me defender depois da tarde de hoje." Dei de ombros. "Bem, você sabe tão bem quanto eu. Às vezes, as coisas mais estranhas nos deixam nervosos."

"É verdade", admitiu Denton. "Coração de soldado, foi como chamamos essa condição depois da guerra. Uma vez tive um episódio, porque tinham colocado bandeiras dos dois lados da rua, e, quando o vento começou a soprar, elas todas começaram a estalar... o som não era nada parecido com um tiro de canhão, mas na hora pareceu ser, entende?"

Assenti com a cabeça. De fato, eu entendia.

"Então uma das bandeiras se soltou e voou na minha direção." Ele bufou. "Voltei a mim depois de ter descido uma escada, duas ruas adiante." Sua voz tinha aquele leve verniz de humor que todos nós adotamos, porque se não fingirmos achar graça, talvez tenhamos que admitir o quanto ficamos despedaçados. É como contar histórias no bar sobre a pior dor que você já sentiu. Você ri e se gaba, e isso transforma a dor em algo que lhe paga uma bebida.

"Está vendo?" Acenei com a mão com alegria. "*Névrose de guerre*, como os franceses chamam. O nome fica parecendo uma porcaria de um doce. Mas me sinto mal por ter errado o tiro. Eu deveria ter ficado lá para dar um fim na lebre. Espero que uma raposa, um falcão ou algo assim faça isso logo."

O bom humor de Denton desapareceu. Ele tomou um grande gole da bebida ao seu lado. "Talvez você não tenha errado", disse ele, sem olhar para mim.

"Claro que errei. A lebre se levantou e saiu andando." Eu não havia contado a ele que o animal tinha sentado e me observado. Isso ia muito além da *névrose de guerre*.

Ele nada disse.

"Os mortos não andam", declarei, ouvindo minha voz se erguer com raiva. "Você, mais que todas as outras pessoas, deveria saber disso."

Denton olhou para mim por um bom tempo, procurando algo em meu rosto. Não deve ter encontrado, porque desviou o olhar e disse: "Não me dê ouvidos. Estou ficando tão fantasioso quanto Roderick. Já não sei mais o que sei".

Saí a passos firmes e jantei no meu quarto naquela noite. Angus me viu virar a cadeira para que minhas costas ficassem voltadas para a parede e nada disse.

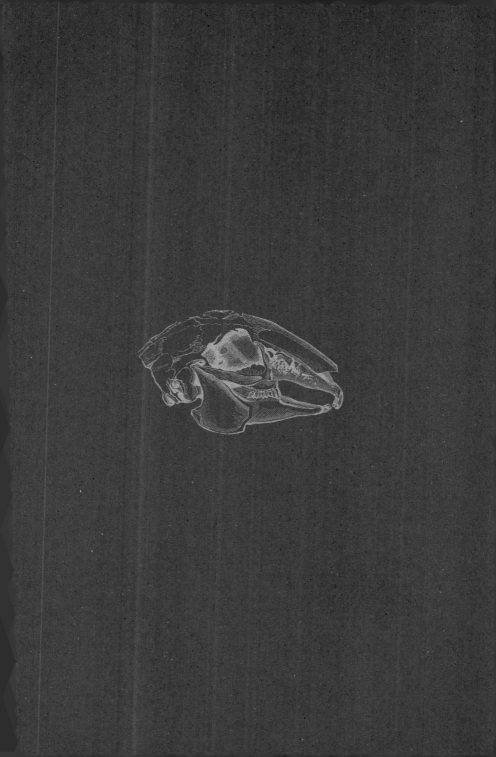

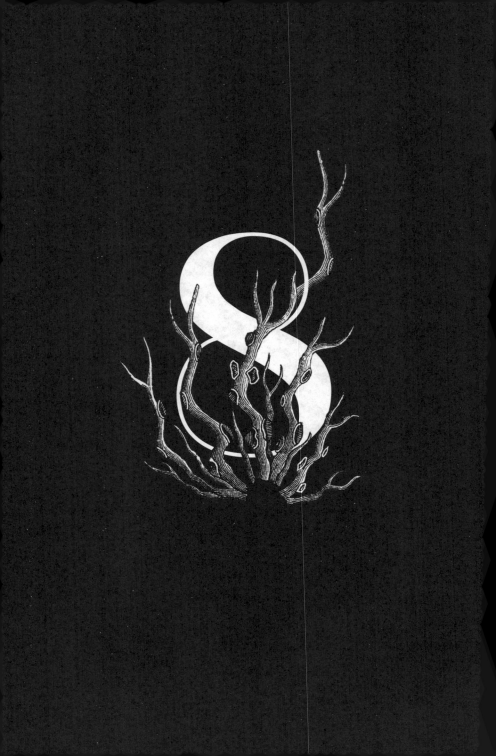

Capítulo 8

A QUEDA DA CASA MORTA

Por ironia do destino, não demorei a pegar no sono naquela noite. Talvez fosse porque, mais uma vez, todas as tensões estavam perto demais da superfície. Adormecer rápido, sempre que você tem uma chance, é a terceira coisa que se aprende no exército. (A primeira coisa que você aprende é a ficar de boca fechada e deixar os sargentos gastarem os dentes nas pessoas que não ficam. A segunda coisa é nunca dizer não a uma chance de mijar.)

Acordei apenas uma vez, quando imaginei ter ouvido um grito. Parecia uma voz masculina, grave e rouca. Eu me levantei da cama, pegando a pistola, mas não ouvi mais nada.

Nervosismo de batalha, eu disse a mim mesmo. Depois do dia que tivera, talvez não fosse de admirar. Escutei com atenção e, bem quando estava pensando em me levantar e dar uma volta, ouvi Angus roncar no quarto ao lado. Estou acostumade com os barulhos de Angus, é claro, mas seu ronco é lendário, e é perfeitamente possível que tivesse entrado em um pesadelo e me acordado. Devolvi a pistola à mesa de cabeceira e voltei a dormir.

Acordei uma segunda vez, com uma música.

Era uma composição gloriosa e complexa, metade canto fúnebre e metade melodia alegre, as notas se entremeando e se entrelaçando como o voo de pássaros em acasalamento. Eu soube na hora que era Roderick. Ninguém mais na casa tocava piano, e duvido que muitas pessoas no planeta toquem *assim*. As notas que Roderick tirava daquele piano estavam tão além da minha escassa capacidade de compreensão que mal posso explicá-las para você. Era como beber um bom vinho e saber que havia complexidades que você nunca seria capaz de identificar, profundezas ocultas que você não conseguia entender. A música de Roderick era genial, e eu sabia que não poderia apreciar o quanto, de fato, ela estava acima de minhas capacidades. Segui a música até a sala de onde vinha e me inclinei na porta.

Quando ele enfim terminou, com um conjunto de notas que soaram mais como uma flauta do que um piano, comecei a aplaudir. "Bravo! Bravo!"

Roderick soltou um grito e quase pulou do banco do piano, segurando o peito. Eu me amaldiçoei por ter incitado seus nervos outra vez. "Desculpe! Desculpe, meu velho, não quis assustá-lo. Eu não queria interromper, só isso."

"Não. Não, está tudo bem." Ele caiu de volta no banco. "Quer dizer, não está tudo bem, mas não é culpa sua. Ah, inferno."

Entrei no aposento. "Você está bem?"

"Madeline morreu", disse ele.

Eu o encarei. Eu conhecia as palavras que ele estava dizendo, eram da minha própria língua, mas não parei de tentar reinterpretá-las como outra coisa, algo que apenas soasse parecido. Maddy não podia estar morta. Ela estava viva dois dias atrás. Eu tinha falado com ela no corredor. Tínhamos cantado músicas em volta do piano. "Eu... você tem certeza?"

Era uma pergunta tola. Claro que sim. Ele amava a irmã a ponto de se exilar nesse lugar miserável. Mas, na morte, você tem permissão para fazer perguntas tolas e dizer as coisas imperdoáveis que serão perdoadas de imediato.

"Tenho certeza", respondeu ele. "Denton verificou. Ela teve um de seus ataques. Parou de respirar." Ele olhou para as teclas e tocou uma com hesitação, como se tivesse se esquecido de como tocar.

"Roderick, sinto muito." Entrei no aposento, dei um tapa nas suas costas e fiz todas as coisas que os soldados fazem umes com es outres porque a maioria de nós se esqueceu de como chorar.

"Foi terrível", disse ele, baixinho. "Eu nunca quis..."

"Eu sei."

"Eu sabia que teria de fazer isso, mas..."

"Eu sei, Roderick. Eu sei."

Ele se endireitou e se virou, com os ombros caídos. "Eu a ouvi andando pelos corredores e agora... agora..." Ele balançou a cabeça com violência.

Soltei a respiração em um longo suspiro. Maddy estava morta, tinha sido inevitável, mas não fazia o menor sentido.

"Ela não sofreu", afirmou Denton, da porta. "Ou, melhor dizendo, o sofrimento dela chegou ao fim."

Parte de mim quis perguntar se ele poderia estar enganado, se a catalepsia poderia causar a ilusão da morte. Outra parte de mim sabia que ele era um médico e eu era apenas um soldado, e a morte que eu conhecia não era sutil. "Posso vê-la?", perguntei em vez disso. "Madeline?"

Denton e Roderick se entreolharam. Depois de um momento, Roderick respondeu: "Ela está na cripta".

"Não vejo por que você não deveria", disse Denton com firmeza.

"Sim", afirmou Roderick. "Sim, claro. Vou pegar um lampião."

A cripta estava localizada a uma longa e sinuosa distância, ao pé de degraus estreitos de pedra nos fundos da casa. A umidade gélida se tornou um frio de verdade, e ainda assim o ar parecia um pouco mais seco quando chegamos ao fundo, como se tivéssemos mergulhado no ar viscoso que mantinha a casa sob suas garras.

"Eu não tinha percebido que a cripta fica embaixo da própria casa", falei enquanto caminhávamos.

"O terreno aqui é difícil de cavar", disse Roderick. "Eles usaram explosivos para fazer as adegas. Foi mais fácil, imagino, adicionar a cripta também."

"Como uma igreja."

Ele grunhiu. As escadas que levavam para baixo, porém, só reforçaram minha opinião, pois eram esculpidas com ornamentos góticos. Os antigos lordes Usher não tinham interesse na simplicidade.

A porta em si era mais uma das portas em arcos pontiagudos, feita de madeira antiga, bloqueada e travada. Roderick entregou o lampião a Denton e puxou a barra de seus encaixes com uma força que contradizia a fragilidade de seus braços. Ele a colocou no chão e entramos na cripta.

Fria, ela era fria. Um longo e rústico corredor se estendia, provavelmente indo mais fundo na cripta, mas a câmara onde estávamos continha uma única placa de pedra, esculpida com cruzes e uma procissão de enlutados.

Madeline jazia sob uma mortalha, sem rosto e sem feições. Roderick se pôs ao seu lado de um jeito protetor, com o corpo inteiro eriçado. Eu tinha pensado em me aproximar mais, para olhar o rosto de Maddy uma última vez, mas Roderick parecia tão ameaçador que me contive. *Na verdade, de que isso adiantaria? Você já não viu corpos suficientes em sua vida? Talvez ajude as outras pessoas, mas é apenas mais um rosto para assombrar seus sonhos.*

Em vez disso, ajoelhei-me e orei. O Pai-Nosso, desenterrado de alguma memória antiga dos cultos da igreja. Quando terminei, Denton esperou por um breve momento, depois tocou meu braço e me conduziu para longe da cripta e da forma branca e esguia na placa de pedra.

Ocorreu-me, enquanto subíamos os degraus, que poderia ser qualquer pessoa sob aquela mortalha. Eu não era capaz de dizer que era Maddy. Eu não era capaz de dizer que era nada humano.

Roderick estava tão nervoso no jantar que quase me fez explodir. Ele não parava de se levantar e olhar por cima do ombro, como se um inimigo fosse emergir dos painéis e atacá-lo pelas costas. "Fique firme, meu velho", falei. "Você vai fazer eu me esconder debaixo da mesa se continuar assim."

"Ouço os vermes", murmurou ele. "Logo vão começar a atacá-la. Ou talvez não."

Eu disse a mim mesmo que não era minha irmã e eu não tinha que me ofender. Roderick parou de se sobressaltar, mas começou a torcer as mãos. Ele tinha mãos pálidas com dedos compridos, mas a maneira como as esfregava, uma por cima da outra, começou a deixá-las vermelhas. Observei isso com um olhar cauteloso, mas pelo menos não me dava vontade de me abaixar em busca de proteção. Denton comeu a comida à sua frente com cuidado, sem falar nada. Eu não tinha como saber no que estava pensando.

Depois do jantar, acabei na biblioteca, acompanhade por minha segunda garrafa de livrit. Era terrível, mas uma ressaca parecia uma ótima ideia. Uma dor de cabeça é sempre preferível a um coração partido, e, quando você está se concentrando em não vomitar, não pensa em como os amigos da sua juventude estão morrendo ao seu redor.

Não sabia por que a morte de Maddy me afetava tanto. Eu via os Usher algumas vezes por temporada enquanto crescíamos, e isso era tudo. Não podia dizer com sinceridade que pensava neles com frequência antes de receber a carta de Maddy.

Talvez esse lugar miserável tivesse assoberbado meu espírito e me deixado vulnerável. Talvez fosse apenas porque ela era a primeira pessoa da minha idade a morrer de uma doença, em vez de abocanhada pelos dentes pontiagudos da guerra.

Bebi o livrit direto da garrafa. Minha garganta não ardia mais, porém o gosto de xarope ainda fazia a articulação do meu maxilar doer. O quarto fedia a couro mofado e a morte de livros, mas eu não conseguia sentir o cheiro de mais nada além do livrit.

Angus me encontrou depois de um tempo. Ele fechou a garrafa e me tirou da cadeira. "Vamos lá, criança", disse ele, "estou velho demais para carregar você. Pés para a frente."

Murmurei algo sobre ele me deixar deitade no chão com minha bebida e minha dor.

"*Marchando!*", ladrou Angus, e meu rombencéfalo assumiu o controle, apontando a direção correta e marchando.

Eu me sentia uma merda pisoteada pela manhã, é claro. Era esse o objetivo. Pensar em comer me dava náuseas, mas se eu não me alimentasse, seria muito pior. Joguei água no rosto e me apoiei nas mãos, olhando para a bacia. Tinha vindo do lago? Pelo sangue de Cristo. Talvez fosse melhor ficar com o livrit, afinal.

Uma das poucas coisas que aprendi com os britânicos que serviram comigo foi que, se você está se sentindo mal, vestir-se bem ajuda. Arrastei-me para dentro de roupas limpas. Minha língua parecia precisar se barbear. Angus entrou, olhou para mim, grunhiu e me entregou minhas botas recém-polidas.

"Não fale o que está pensando", murmurei.

Ele agarrou meu ombro por um instante, mas não disse uma palavra. Enfiei os pés nas botas e fui tomar o desjejum.

Minha mão estava a meio caminho da maçaneta quando ouvi Roderick dizer: "Eu a ouvi batendo na madeira ontem à noite".

Denton falou alguma coisa, baixo demais para eu ouvir.

"Na porta da cripta", disse Roderick. "Tentando sair. Mas não é possível, é? Ela está morta. Ela está mesmo morta, não está?"

"Claro que está", confirmei, empurrando a porta. "Seus nervos estão em frangalhos, e quem pode culpá-lo?"

Olhei para Denton em busca de confirmação.

"Sim, claro", disse ele. "São só seus nervos."

"Sim", repetiu Roderick. "É claro. Você deve achar que sou louco, Easton."

"De jeito nenhum. *Névrose de guerre*. Todos nós temos. Seria mais extraordinário se você não estivesse abalado."

Ele começou a torcer as mãos de novo. Os nós dos dedos estavam tão vermelhos que pareciam prestes a sangrar.

"Pelo amor de Deus, pare com isso, homem", falei, exauste. "Você parece Lady Macbeth. 'Sai, mancha maldita!'"

Roderick soltou um ganido, como um cachorro chutado, e me encarou com olhos enormes. Senti culpa na mesma hora. "Desculpe, Roderick. É só que… tudo." Eu me recostei. "Por que não vamos embora? Vamos a Paris? Seria bom para você."

"Não!", exclamou ele, quase gritando. "Não, eu…" Ele engoliu em seco, o pomo de adão se mexendo. "Não, não posso. Não até que ela… não até que…" Sua voz encolheu. "Ainda não", sussurrou ele, por fim, e fugiu da mesa.

"Considere a ideia", insisti enquanto ele partia. Olhei para Denton. "Eu gostaria que você me ajudasse a convencê-lo."

"Ele não vai concordar ainda", replicou Denton. "No entanto, você talvez devesse partir. Aqui não é lugar para pessoas decentes."

"Quando acha que Roderick estará disposto a viajar?"

"Vai levar um tempo", respondeu ele. "Não até que ele tenha certeza de que a irmã foi enterrada de forma apropriada."

Descansei os cotovelos na mesa e o rosto nas mãos. "Tolice maldita", falei. "Os mortos estão mortos. Eles não se importam."

"Vocês não temem os fantasmas na Galácia?", perguntou ele. Eu podia ouvir o princípio de um sorriso em sua voz, e também o quanto aquele sorriso estava lhe custando.

"Não, somos tão supersticiosos quanto qualquer outro povo", admiti. "Alguém deve se sentar com o corpo por três dias para garantir que espíritos errantes não se apossem do cadáver. Mas não acredito que os mortos se importem com essas coisas." Eu deixei minhas mãos caírem. "Vamos lá, doutor. Quantas mortes você já viu? Algum deles já voltou para reclamar de como foram enterrados?"

"Nenhum", admitiu ele. "Ainda assim, eu não teria expectativas de que Roderick aceite partir, por enquanto. Não até ele ter certeza."

"Certeza de quê?"

"De que os mortos não andam", respondeu Denton, fechando os lábios sobre os dentes e se recusando a dizer mais.

* * *

Os mortos não andam.

O pensamento pulsou em meu cérebro como o trecho de uma música e ressoou em meus ouvidos em uma repetição infinita. Até flexionei a mandíbula da maneira exata para desencadear um ataque do tinido; mas, assim que passou, as palavras voltaram. *Os mortos não andam. Os mortos não andam.*

Mas *não* andam. Eu tinha errado o tiro na lebre. Sem dúvidas, estava morta agora, tendo se esvaído em sangue em algum lugar, ou uma raposa aparecera e dera cabo dela. Ou uma doninha, ou um falcão. Eu não conhecia os predadores locais, mas deviam ser os mesmos da Galácia. Um cachorro solto, um gato da aldeia. Não havia gatos na casa de Usher.

Você arranja um gato para os ratos, pensei, *mas também não há ratos. Por que não há ratos? Será que Roderick é tão pobre que sua despensa não chega nem a atrair um rato?*

Era possível. Embora me ocorresse que eu não tinha visto animal algum ao redor daquela casa espectadora, tirando os cavalos nos estábulos e as lebres de olhos loucos na charneca… o que me trazia de volta às lebres, mais uma vez.

Os mortos não andam.

Montei Hob apesar da garoa leve. O som de seus cascos criavam um ritmo que se encaixava bem demais com a frase. *Toc-tam toc-tam. Toc-tam toc-tam. Os mortos não andam. Os mortos não andam. Toc-tam toc-tam.*

Pelo sangue de Cristo, se isso continuasse, eu ia abrir a minha terceira garrafa de livrit.

O jantar não foi nenhum alívio. Roderick não parava de torcer os dedos, distraído, e depois se continha. Denton estava ainda mais americano do que de costume. Se seu sotaque ficasse mais carregado, ele ia começar a cantar o hino nacional e tentar apertar a mão do braço da cadeira.

Os mortos não andam. Só que você deve se sentar com os mortos em vigília por três dias para se assegurar de que não andem mesmo. E Roderick disse que a ouviu bater na porta da cripta. Não, isso era ridículo.

Retirei-me para meus aposentos e terminei o restinho da segunda garrafa de livrit sob o olhar desaprovador de Angus. "Não faça essa cara feia. Não há o suficiente aqui para deixar nem um mosquito de ressaca."

"Quanto tempo vamos ficar aqui?", perguntou Angus.

"Não sei." Lambi o gosto de xarope dos lábios. Quanto tempo ficaríamos? Até que Roderick concordasse em partir, quando quer que fosse? Eu estava fazendo algo de bom ou estava apenas comendo a comida e usando a lenha que ele mal tinha dinheiro para comprar?

"Três dias", falei de repente, colocando a garrafa vazia na mesa. "Mais três dias. Então vamos embora."

À meia-noite, fui à cripta.

Não era algo razoável a fazer. Eu sabia. Apesar de todo o meu ceticismo alardeado, a ideia de que, se ninguém fizesse vigília ao corpo, algo terrível aconteceria tomou conta de mim. Ou talvez já tivesse acontecido. Os mortos não andam, mas e os que têm catalepsia? A gente ouve histórias de pessoas enterradas vivas, de caixões abertos para mostrar que alguém havia arranhado a tampa.

Desci os degraus de pedra escorregadios, a vela na mão, tentando não fazer barulho algum. A porta da cripta estava trancada com uma barra, mas não tinha fechadura. A barra em si era uma coisa imensa, da grossura do meu pulso. Parecia estranhamente nova, com bordas pálidas onde a madeira ainda não havia envelhecido.

Pousei a vela e levantei a barra com cuidado, prendendo a respiração enquanto ela raspava no metal que a sustentava. Cada pequeno som ecoava pelos degraus. *Pelo menos vou conseguir ouvir se alguém vier atrás de mim*, pensei. *Assim espero.*

Contudo, não fazia ideia do que diria se alguém chegasse. Alegaria estar de luto, suponho. Diria que tinha que vir vê-la uma última vez. Lembraria Roderick da superstição de que os mortos devem permanecer sob vigília por três dias. Eu não estava muito preocupade. As pessoas de luto têm o direito de fazer coisas estranhas. Isso com certeza era uma coisa estranha de se fazer. Maddy estava morta, eu não duvidava. Era uma surpresa ela ainda estar viva quando a vi. Não havia como ela durar mais do que alguns dias. Eu sabia disso.

Eu também sabia que precisava vê-la. Todos os sentidos que eu havia aperfeiçoado ao longo de anos no campo de batalha estavam gritando que algo não era o que parecia ser. Eu podia sentir. *Os mortos não andam.*

Peguei a vela e abri a porta. Uma onda de zumbido tomou meus ouvidos e eu fiquei esperando passar, vendo a luz bruxulear na forma envolta pela mortalha em cima da pedra, o barulho agudo pulsando dentro do meu crânio.

Quando o som enfim desapareceu, fui em frente. Parei ao lado da forma amortalhada de Madeline Usher, pousei a mão sobre o pano... e hesitei.

Parte de mim queria abandonar essa missão tola. Por que eu estava ali? Por que estava me esgueirando pela mansão de Roderick como ume ladrone, perturbando o descanso de sua irmã? Eu era ume velhe amigue, é verdade, mas estava violando todas as regras de hospitalidade e amizade. Não era o meu direito.

Mas algo ainda estava muito, muito errado.

Puxei a mortalha e paralisei.

Era Maddy. Não parecia ter se deteriorado nesses dois dias. O ar frio da cripta poderia tê-la salvado, embora eu não achasse que estivesse tão frio assim. Ou talvez sua aparência fosse tão chocante antes da morte que a mera decadência não fosse capaz de piorá-la. O cabelo tinha ficado grudado na mortalha, e finos fios brancos caíram na superfície de pedra para onde eu havia movido o pano.

Não foi isso que me chocou.

Seu pescoço havia sido quebrado. Ela fora posicionada com muito cuidado, a mortalha enrolada de maneira a esconder o ângulo terrível de sua garganta. E embora ela tivesse morrido antes que o hematoma pudesse se formar, havia claras marcas de dedos ao redor de sua garganta.

Fiquei tanto tempo ali que a cera da vela transbordou da guarda e se derramou na minha mão. A dor aguda me trouxe de volta a mim, e eu inclinei a vela para que nenhum pingo caísse na mortalha, na pedra ou na pele da mulher morta.

Então recoloquei a mortalha com cuidado, peguei minha vela e subi as escadas, movendo-me com tanto silêncio que parecia um batedor em patrulha. Eu agora estava em território inimigo, e minha vida e a de Angus poderiam muito bem estar correndo perigo.

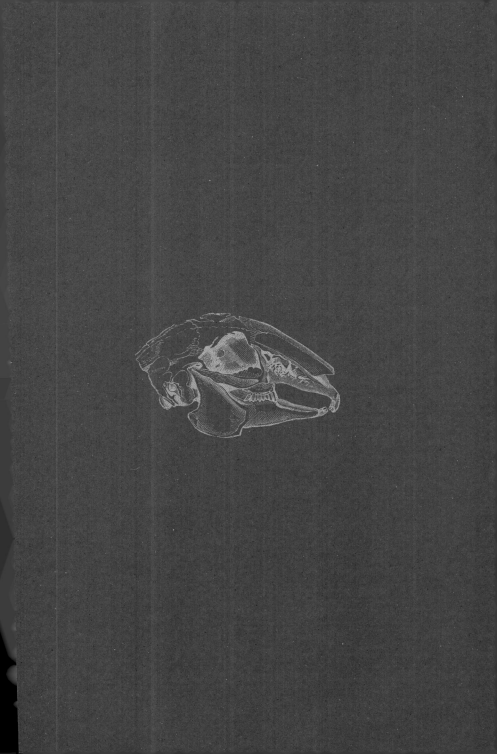

Capítulo 9
A QUEDA DA CASA MORTA

É muito desagradável fazer uma refeição quando você está tentando determinar qual de seus companheiros de desjejum é um assassino. Bebi meu chá e não olhei nos olhos de ninguém enquanto meus pensamentos corriam e ricocheteavam pelo meu crânio.

Denton era a escolha óbvia. Denton era médico. Não poderia ter examinado Maddy e *deixado* de notar o pescoço quebrado. Mas, ao mesmo tempo, como médico, ele deveria ter cento e uma maneiras de matar alguém sem recorrer a um método tão grosseiro de assassinato.

Ainda assim, não era suficiente para excluí-lo. Os homens às vezes entravam em pânico. Talvez tivesse sido um crime passional, uma luxúria não correspondida por Madeline. Eu não tinha visto indícios, mas homens já haviam escondido essas coisas antes. Tinha que ser Denton.

Não?

Mas justo quando me convencia por completo da culpa de Denton, eu olhava para Roderick pelo canto do olho. Se havia um homem assolado por uma consciência culpada, esse homem era Roderick Usher. Ele se sobressaltava a cada som, virando a cabeça toda hora, como se esperasse que alguém estivesse se esgueirando até ele. Quando um dos criados trouxe mais chá, ele ganiu e deixou cair o garfo, fazendo barulho. E havia sua reação quando o chamei de Lady Macbeth. Mesmo que ignorássemos tudo isso, ele havia ajudado a deitar a irmã na pedra. Sem dúvida ele teria notado o pescoço quebrado.

Não, a resposta mais lógica era que ambos estavam envolvidos. Um deles a matara e o outro ajudara a acobertar.

Será que Roderick realmente encobriria o assassinato da irmã? E por que matá-la, aliás? Ela já estava quase morta. Que benefícios poderia haver em apressar sua morte?

Descobri que eu conseguia acreditar que Denton acobertaria Roderick, mas não que Roderick acobertaria Denton. Eu tinha visto Usher sob fogo, nas trincheiras. Eu sabia o tipo de homem que ele era. Tinha muita coragem, mas era nervoso e amava muito a irmã. Eu não conseguia pensar em nenhum tipo de poder que Denton pudesse ter sobre ele que o levasse a acobertar tal coisa. Seria difícil o médico estar chantageando Usher, que não tinha mais nada que valesse a pena tomar, e os pecados de Usher, quaisquer que fossem, não eram do tipo que faria um homem ficar de braços cruzados enquanto o pescoço de sua irmã era quebrado feito... feito...

Feito o de uma lebre, pensei, vendo de novo o olhar fixo da lebre-bruxa. Quando enfiei o garfo nos ovos, seus dentes rasparam o prato. Roderick soltou um gritinho.

"Desculpe", disse ele, cobrindo o rosto. "Desculpe. São meus malditos nervos. Eu ouço... acho que ouço..."

"Está tudo bem", falei, sem emoção. Afastei-me da mesa, de repente sem fome. "Acho que vou dar um passeio."

O tempo não havia melhorado nem um pouco. Ainda chuviscava e o céu estava adquirindo um tom desagradável de cinza-esverdeado. Eu mal tinha chegado ao passadiço quando vi movimento na grama e encontrei uma lebre olhando para mim.

Eu a xinguei e esporeei Hob. Ele não merecia tal coisa, e pulou algumas vezes para me informar que sabia que não merecia isso. Não olhei por cima do ombro, mas pude sentir a lebre atrás de mim, como um sentinela inimigo observando para ver se eu adentraria o território contestado. Supus que, assim que eu estivesse fora de vista, ela rastejaria para alertar as outras lebres da minha presença.

As lebres não fazem isso, é claro. As lebres não são como coelhos, que postam sentinelas nas redondezas de suas tocas e alertam uns aos outros sobre o perigo. Mas é claro, com essas malditas, quem poderia dizer? Talvez eu tivesse razão e houvesse uma doença. Talvez deixasse as lebres tão paranoicas quanto Roderick.

Algo se encaixou dentro da minha cabeça. De repente, eu estava de volta à cabana daquele criador de ovelhas na montanha, ouvindo-o falar sobre as doenças das ovelhas. "Hidrofobia", ele concedeu. "Sim, elas pegam. Não é que nem com os cachorros, ouviu? Os cachorros ficam agressivos. As ovelhas ficam estúpidas."

Supondo que houvesse uma doença e ela tivesse duas manifestações, uma delas como a de Madeline. Mas Roderick também estava decaindo, não? Medo. Sensibilidade aguda a ruídos. Seriam esses sintomas não de estresse, mas de alguma patologia?

Hob desacelerou. Ergui os olhos, sendo distraíde de meus pensamentos, e vi outra lebre na beira da estrada, sentada ereta. Meu cavalo passou longe dela e não tentei controlá-lo. Por um momento, quase tive medo de que aquela coisa fosse sair correndo e morder as pernas de Hob.

Vi mais duas lebres antes de discernir uma silhueta muito mais bem-vinda, a da srta. Potter sentada em seu banquinho, com a sombrinha aberta acima da cabeça, pincelando de forma cuidadosa a pintura de um cogumelo. Fui tomade por um medo repentino por ela, de que as lebres também a estivessem observando. Observando-a e se preparando para... o quê? Morder? Atacar? Espalhar sua doença de alguma maneira?

A srta. Potter se debruçou sobre o cavalete, sem dúvida contemplando os boletos ou um dos outros inúmeros fungos que infestavam a terra dos Usher.

Fungos.

Algo mais se encaixou dentro da minha cabeça. *Fungos*. De súbito, virei a cabeça para cima. Nem mesmo o zumbido que se seguiu ao movimento conseguiu afogar o pensamento. Fungos. É claro. O mofo que cobria o papel de parede e se entranhara nos livros da biblioteca, os cogumelos que brotavam da terra, a moléstia do peixe de Angus?

O que a srta. Potter dissera em nosso primeiro encontro? *Não sei o quanto sabe sobre fungos, mas este lugar é extraordinário! Tantos tipos inusitados!*

Será que podia ser um fungo, não uma doença? Pior ainda, um fungo exclusivo desta região? Era por isso que Denton não conseguia identificar o problema?

"A senhorita disse que existem fungos que infectam seres vivos", disse eu, deslizando das costas de Hob. "Mencionou peixes. Mas e os humanos?"

"Claro", respondeu ela, como se estivéssemos no meio de uma conversa e eu não houvesse acabado de galopar até ela como se perseguido pelo próprio Diabo. Hob, sempre satisfeito por ter uma plateia, fingiu que nossa grandiosa parada deslizante tinha sido ideia sua e saltou para mostrar à srta. Potter que ela deveria ficar impressionada. "A micose é um fungo. O sapinho, que você encontra em bebês, é causado por uma levedura encontrada em muitas espécies. Existem outros, embora alguns sejam raros."

"Algum deles é mortal?" Levei Hob para mais perto. Ele revirou os olhos, claramente pensando que era andar e correr e parar e andar de novo e que sue cavaleire precisava se decidir.

A srta. Potter bateu o dedo contra os lábios. "Sim, embora eu não ache que eles são identificados com a frequência que deveriam. Há gente que voltou da Índia com pequenas protuberâncias que cobriam o rosto e o pescoço, e acredita-se que sejam um fungo. Pessoas morreram disso. E há mofos que surgem em casas que, acreditava-se com bastante segurança, contribuíam para o miasma. Agora, é claro, temos germes, então o miasma não está mais em voga, mas não posso afirmar que o mofo não poderia ter enfraquecido os pulmões de uma pessoa para que os germes se instalassem." Ela deu de ombros com eloquência. "Em suma, sim, acredito que devem existir fungos mortais que afetam humanos. Sem dúvida eles matam peixes. E há aqueles que caçam os vermes, o que não é o mesmo que uma infecção, mas..."

"Um momento." Eu levantei a mão. "A senhorita mencionou um fungo que caça *vermes*?"

"Ah, sim. Causou um grande alvoroço na reunião da Sociedade no ano passado. Um alemão chamado Zopf descobriu um fungo que procura ativamente nematoides."

Um sinal de como meus nervos estavam aflorados era o fato de eu não sentir o devido prazer ao ouvir a srta. Potter pronunciar a palavra "nematoides" com um sotaque tão britânico que quase tinha seu próprio lábio superior rígido. Não pude deixar de imaginar bandos de cogumelos saltando pelos pântanos em busca de presas. Deveria ser engraçado. Disse a mim mesmo com firmeza que era engraçado. "Caçam como?"

"Propriedades adesivas", explicou a srta. Potter. "Eles secretam uma teia pegajosa de hifas e, uma vez que o verme é capturado, as células da teia germinam no verme e estendem uma rede por ele, devorando-o."

"Isso o mata?"

"Com o tempo, sim." Ela desviou o olhar de relance. Concluí que não era uma experiência agradável para o verme.

Eu umedeci os lábios. "Hifas?"

"Filamentos multicelulares. São o que diferencia um mofo de uma levedura, em essência."

Uma ideia estava se formando no fundo da minha mente. Não gostei nem um pouco dela. "Como são essas hifas?"

"Podem assumir várias formas diferentes", disse a srta. Potter. "Mas a mais comum são filamentos brancos."

"Filamentos." Pensei na descrição do peixe feita por Angus. "Como um feltro viscoso?"

"Decerto, se for uma cobertura grossa o suficiente." Ela sorriu com tranquilidade para mim. "Mas em pequenas quantidades pareceriam cabelos brancos e finos."

"Tenente Easton, para *onde* estamos indo?"

"Uma cripta", respondi. "É… é muito difícil de explicar. Só preciso que olhe uma coisa sob uma lupa."

"É um fungo?"

"É o cabelo de uma mulher morta."

A srta. Potter parou no meio do corredor. Eu a trouxera para dentro da mansão sem que ninguém descobrisse — ou, pelo menos, esperava que sim — e estava tentando levá-la para a cripta. Teria sido mais fácil se ela não ficasse parando e exigindo explicações.

"Devo supor que esteja se referindo à srta. Usher, então? Tenente, eu passei a considerar você uma pessoa sensata, mas há algo de muito mau gosto aqui."

Mau gosto parecia um eufemismo tão colossal que dei uma gargalhada. "Eu sei. É deveras chocante. Mas, srta. Potter, juro pela minha honra como soldado…"

"Já conheci muitos soldados", disse ela em tom fulminante.

Eu não poderia discutir com isso. Na verdade, eu só dissera aquilo porque achei que era o tipo de coisa que poderia agradar uma inglesa, como maneiras pomposas, chá das cinco, "Deus salve a rainha" e essas coisas. Coloquei a mão sobre o papel de parede descascado e respirei fundo.

"Srta. Potter", falei, "juro pelos túmulos de soldados que enterrei com minhas próprias mãos, não tenho a intenção de fazer mal à senhorita ou a alguém nesta casa, mas se eu tentar explicar, vai achar que estou maluco. É mais fácil mostrar. E se disser que me enganei, então vou acompanhá-la de volta à cidade e confessar tudo ao dono da casa."

Eugenia Potter olhou para mim com seus olhos pequenos e brilhantes, então deu um único aceno com a cabeça.

"Muito bem 'Em guarda, Macduff!'"

Meu coração estava quase saindo pela boca devido ao medo de encontrar Denton, Usher ou um dos criados no caminho até a cripta, mas a vasta casa funcionou a meu favor pela primeira vez. Não vimos ninguém. Conduzi-a por corredores cada vez mais escuros, para então perceber que não tinha lamparina ou vela.

Praguejei baixinho em galaciano. A srta. Potter ergueu os olhos críticos para mim. "Não sei o que essa palavra significa, tenente, mas tenho minhas suspeitas."

"Desculpe, srta. Potter."

"Hum. Se segurar minha sombrinha, posso arranjar uma fonte de luz." Ela enfiou a mão em sua enorme bolsa e retirou uma pequena lanterna furta-fogo. Foi a minha vez de encarar.

"Srta. Potter! Isso é uma lanterna de arrombador?"

"Não é da minha conta o que os outros fazem com tal modelo", disse ela em tom afetado. "As venezianas da lanterna são muito úteis para fornecer uma iluminação direcional específica quando estou trabalhando em uma pintura por tempo suficiente para o sol mudar de posição." Ela acendeu a vela dentro da lanterna, ajustou as persianas e depois me entregou.

"Madame", falei com fervor, "a senhorita é incrível."

"Hunf!"

Nós nos orientamos nas escadas até a cripta com a ajuda da lanterna. Puxei a barra da porta e a abri. A luz da lanterna fechada caiu sobre a pedra vazia, a mortalha jazia tristemente no chão, e nada mais.

Madeline tinha sumido.

Capítulo 10
A QUEDA DA CASA MORTA

"Tenente. *Tenente*."

Meus ouvidos zumbiam tão alto que eu não conseguia ouvir as palavras, só conseguia ver os lábios da srta. Potter se mexerem. Eu estava de joelhos. O frio úmido da cripta penetrava meus ossos. Meu ombro latejou.

Madeline tinha sumido. Seu corpo tinha sumido. Alguém devia tê-lo movido. Sim, claro. Usher, talvez, para ocultar seu crime. Ela estava morta havia três dias, então era um pouco tarde para isso, mas era a única explicação. Era tolice pensar que ela pudesse ter se movido sozinha, sentado na pedra e afastado a mortalha para o lado como um cobertor. *Os mortos não andam.*

"Tenente."

Ouvi a palavra baixinho. Tinha uma certa força de comando, e eu me endireitei de maneira involuntária. "Sim", falei, provavelmente alto demais. "Peço desculpas. Deveria haver um corpo aqui. Foi um choque."

A srta. Potter me ajudou a ficar de pé. "Tenente, temo que após a perda de sua amiga, seus nervos possam estar um pouco abalados."

Era uma maneira inglesa e educada de dizer que ela me achava doide de pedra, e eu não podia discutir. Pelo menos a mortalha ainda estava ali. Eu a peguei e a estendi na pedra, procurando pelos cabelos brancos que eu tinha visto.

O alívio que senti quando encontrei um foi intenso. Pelo menos isso era real. Apontei para alguns e disse: "Essas aqui. São hifas?".

Ela me observou com os olhos estreitos, talvez por trazer sua micologia para minha loucura, mas pegou a lupa e colocou a lanterna na pedra para olhar. Esperei, com o coração na garganta, olhando para a porta aberta. Uma vozinha sussurrou em minha mente, dizendo que ela se fecharia, que ouviríamos a barra se encaixar e ficaríamos presos ali embaixo. Dei alguns passos cautelosos em direção à porta, perguntando-me se poderia correr para ela a tempo, caso ouvisse as dobradiças rangerem.

"Hum", murmurou a srta. Potter.

"O que é isso?"

Ela fez um gesto impaciente. "Preciso de um tempo."

"Desculpe." Voltei aos meus cenários dramáticos. Será que seria Roderick Usher, determinado a esconder seu crime? Ou algo pior? Seria uma figura de branco, animada por alguma força terrível? A força que movera uma lebre sem metade da cabeça e a fizera se levantar e me encarar?

Os mortos não andam. Os mortos não *andam.* Se andassem, então... então... não sei o quê. Algo terrível. Eu tinha matado tantas pessoas e visto tantas outras morrerem. E se nenhuma delas estivesse em paz no chão? E se estivessem vagando por aí? E se eu tivesse que encará-las e dar explicações?

"Com certeza são hifas", disse a srta. Potter, pousando a lupa. "Eu precisaria de uma lente mais forte para afirmar com confiança se são septadas ou não, e não posso afirmar com certeza que não sejam as pseudo-hifas encontradas nas leveduras. No entanto, não são cabelos humanos, nem fios de tecido."

"E se eu lhe disser que estavam crescendo da pele humana?"

A srta. Potter fez um movimento bem-educado com o queixo que, em outra pessoa, teria sido um grande dar de ombros. "Os fungos saprófitos, ou seja, aqueles que se alimentam de matéria orgânica em decomposição, são muito comuns. Desagradáveis, talvez, mas não representam uma ameaça para as criaturas vivas."

"Madeline estava viva quando isso aconteceu", expliquei, sustentando seu olhar, "e havia tantas em sua pele que pensei que seus pelos tivessem ficado brancos."

Os ingleses, na minha experiência, fazem um grande drama sobre os menores inconvenientes, mas se você os confronta com algo que abala o mundo, eles não piscam. A srta. Potter piscou, mas apenas uma vez, e então olhou para a sua lupa e disse: "Entendo".

"Poderia ser isso que a deixou doente?", perguntei.

"Se o fungo estava tão espalhado a ponto de mandar filamentos através da pele... sim. Com certeza." A rigidez de seu lábio superior era magnífica de se ver. "Mas o que aconteceu com o corpo dela?"

Os mortos não andam. O mais provável foi Roderick ter movido o corpo para ocultar ainda mais seu crime. E Denton deve saber que há algo errado com Roderick e o ajudou a encobrir, mas ele não sabe a causa. Se souber o que é, talvez possa tratar. "Não sei, mas preciso contar a Denton."

"Com certeza", concordou ela. "Você precisa contar a todos. Se isto é um fungo capaz de se espalhar em um hospedeiro vivo, deve ser parado agora mesmo." Ela enfiou a mão na bolsa e tirou um pequeno frasco de prata, que despejou sobre as mãos. Eu conseguia sentir o cheiro do álcool de onde estava. "Me dê suas mãos, tenente. Você tocou a mortalha."

"Eu toquei em Madeline", afirmei em tom sombrio. "Várias vezes. As hifas se rasgaram nas minhas mãos."

Seus olhos se ergueram para encontrar os meus. "Então vamos torcer para que isto seja eficaz mesmo após o fato."

Escutei as gotas de bebida caírem no chão da cripta enquanto ela derramava uísque sobre meus dedos, então esfreguei as mãos. *Será que as lebres também haviam sido infectadas? Como eu poderia saber? O que eram alguns fios brancos a mais em uma lebre?*

O peixe. Como um feltro viscoso, dissera Angus. Afinal, o fungo se originara no lago? Teria passado dos peixes para as lebres, talvez quando elas foram lá beber água?

Será que Angus havia encostado nele?

E onde estava o corpo de Madeline?

• • •

"Denton!", exclamei, irrompendo no escritório. "Madeline se foi!"

Ele me encarou por um bom tempo, então sua expressão se suavizou e ele tocou meu braço. "Eu sei", disse ele em tom gentil. "Eu sei. Mas ela não está mais sofrendo e..."

"Não, seu idiota", rosnei, desvencilhando-me de sua mão. Maldito idioma. Tem mais palavras do que se poderia esperar que alguém consiga lembrar, e então eles vão lá e usam a mesma com três significados diferentes. "*Eu sei* que ela está morta! Estou lhe dizendo que o corpo dela sumiu!"

Denton piscou em surpresa para mim. "O quê?"

"Ela não está na cripta. A pedra está vazia. Nós não *habeas* o *corpus*. Está me entendendo?" (Talvez eu estivesse sendo menos reverente do que a situação pedia, mas tenho o defeito de usar o sarcasmo quando estou frustrade.)

"Está falando sério?"

A srta. Potter deu uma tossidinha educada atrás de mim. "Eu lhe garanto, meu jovem, que ê tenente tem razão."

"Srta. Potter? O que...?" Ficou claro que Denton começara a questionar sua presença e abandonara a pergunta em prol de coisas mais importantes. "Não. Depois. Isso é terrível."

"Acha que Roderick a moveu?", perguntei.

Tinha esperança de que ele desviasse o olhar devido à culpa, mas ele encontrou meus olhos. "Talvez."

"Você sabe que há algo errado com ele", falei, baixinho. "Você sabe o que ele fez..."

Denton cortou minhas palavras com um movimento da mão. "Agora não é a hora."

"Bem, então vamos encontrar Roderick e..."

"Ele está dormindo", disse Denton.

"Então vamos acordá-lo e..."

"Eu lhe dei uma pílula para dormir", informou Denton. "Ele não vai acordar por horas. Não, não me olhe assim, tenente. Ele diz que não consegue dormir, que ouve a irmã andando na cripta. Acho que não conseguiu dormir por mais de uma hora seguida desde que ela morreu."

"É isso que estou tentando lhe dizer. Essa doença bizarra dele é a mesma coisa que Madeline teve."

Denton piscou em surpresa para mim. "O quê?"

"Não é uma doença! É um fungo! Eu... ah, pelo amor de Deus, srta. Potter, conte a ele."

A srta. Potter chamou Denton de lado e explicou, no que suponho ser inglês, sobre os fungos saprófitos e as hifas. Fiquei encarando a parede e me perguntando se Roderick havia movido o corpo de Maddy por sentir culpa ou por pensar que ele pararia de ouvi-la andar se ela não estivesse mais na cripta. Sangue de Cristo! Agora que sabíamos o que era, seria possível tratar de alguma forma?

"É", dizia Denton. "É possível. Eu não teria pensado nisso, mas nenhum médico que se preze jamais vai dizer que já viu tudo que há para ver. No entanto, não sei como podemos provar. A mortalha poderia estar mofada, afinal."

"Uma autópsia no corpo de Maddy mostraria isso", falei bruscamente.

"Um corpo que você me diz que não temos. E eu não vou cortar a pele de Roderick em busca dessas hifas!"

Cerrei os dentes. "Então terá que ser uma lebre. E desta vez não vou errar."

Foi Angus quem arranjou a lebre. Engoli meu orgulho e fui até ele pedir ajuda. "Para comer não, não vou!", negou ele, mas quando expliquei que ia ser dissecada, ele inclinou a cabeça para o lado e disse: "Você precisa que seja fresca?".

"Hã?"

"Tem uma a menos de trinta metros do fim do passadiço. Caiu no lago, pelo visto. Vi-a no caminho de volta da aldeia hoje de manhã."

Saímos para encontrá-la. Dito e feito, lá estava uma, meio dentro, meio fora da água, de bruços. Parecia que tinha ido até o lago e adormecido.

Eu estava usando minhas luvas de montaria, mas voltei para pegar uma longa vara da pilha de lenha e a pesquei sem encostar na água. Angus ergueu as sobrancelhas para mim, mas não fez nenhum comentário.

Desta vez, havia quatro de nós reunidos em volta da mesa do desjejum, embora o que estivesse ali não fosse nem um pouco apetitoso. A luz naquele cômodo era a melhor da casa, e isso era tudo que queríamos. Tínhamos trazido lamparinas e velas de nossos quartos e as aglomeramos ao longo da mesa até que estivesse totalmente banhada pela luz. Denton pegou sua bolsa de médico e a abriu, como uma boca de couro preto com dentes de bisturi reluzentes.

"Srta. Potter", cumprimentou Angus, tocando o quepe. "É um prazer vê-la de novo."

A srta. Potter chegou até a ficar um pouco vermelha. "Sr. Angus. Não pensei que o veria tão cedo."

"Vocês dois se conheceram, então?" Parando para pensar, Angus não andava reclamando da falta de uma ocupação nos últimos dias, mas eu estivera muito distraíde para notar.

"Ah, sim. O sr. Angus fez a gentileza de segurar minha sombrinha no ângulo certo outro dia enquanto eu pintava um *Amanita phalloides* especialmente notável."

Eu estava tentando pensar em uma piada sobre *phalloides* que não terminasse com a srta. Potter me batendo com sua sombrinha, quando Denton pigarreou e nos chamou de volta à realidade.

"Vou fazer a primeira incisão", informou ele.

"Espere!" A srta. Potter olhou em volta da sala, encontrou uma pilha de guardanapos de linho e os distribuiu com pressa. "Cubram a boca e o nariz. Se houver esporos, e este for de fato um fungo perigoso, não queremos inalá-los."

Amarrei o guardanapo em volta da minha cabeça. Denton murmurou algo sobre sentir que estava prestes a roubar uma carruagem, depois pegou o bisturi outra vez. Observamos em silêncio enquanto a lâmina separava o pelo e a pele, depois cortava mais fundo.

Era difícil dizer o que poderia ser uma hifa. Os ligamentos que conectam a pele à carne também são pálidos e muito finos. Mas depois que ele abriu o peito com uma tesoura, ficou claro que havia algo muito errado com a lebre.

"Feltro viscoso!", exclamou Angus. "Como o maldi… com a sua licença, senhora. Como o maldito peixe."

Denton tocou a superfície emaranhada de forma cautelosa com a ponta do bisturi. De fato, parecia que havia algo emendado à superfície dos órgãos, algo viscoso e fibroso, embora fosse de uma cor avermelhada escura em vez do branco brilhante das hifas nos braços de Madeline. A coisa vermelha quase se parecia com as algas marinhas que víamos secas ao longo das rochas na costa, formando uma membrana pegajosa por cima de tudo.

"O animal é fêmea", disse Denton em tom desapaixonado. *Se fosse humana, seria diagnosticada com catalepsia histérica?*, pensei.

A srta. Potter pegou sua lupa e se debruçou sobre o animal. Se estar a quinze centímetros das vísceras do animal a incomodou, ela não demonstrou. "Fúngico", ela confirmou.

"Seria suficiente para matá-la?", perguntei.

"Não há como saber", respondeu ela, dobrando a lupa e pondo-a de volta no estojo. "Não sabemos nada sobre esse fungo, sobre sua malignidade, sobre quanto tempo levaria para crescer até esse ponto. Alguns fungos podem se espalhar com uma rapidez incrível, e essa lebre deve estar morta há algum tempo."

"Parecia ter se afogado", ofereceu Angus.

"Se ela se afogou, é provável que seus pulmões estejam cheios de água", falou Denton, passando o bisturi em um movimento quase distraído pelo pulmão esquerdo.

O tecido se retraiu e o conteúdo inchou em uma massa branca pegajosa. Parecia algodão, emergindo da cavidade torácica como se tivesse sido compactado demais para ser contido.

Denton recuou, praguejando.

"Vou me arriscar e dizer que isso não é normal em caso de afogamento", falei.

"Bom Deus", disse Denton. Ele abriu o outro pulmão, e o tapete de lã branco de fungo também explodiu de lá. Ele pegou um garfo da mesa e começou a escavar. Senti ânsia. Já destripei vários animais em campo e não me importo com entranhas, mas isso era outra coisa.

Denton balançou a cabeça devagar, pousando o garfo.

"Os pulmões estão cheios disso. Não é possível. Os pulmões não são ocos, são como um favo de mel, mas essa coisa entrou e... parece que comeu o interior de alguma forma."

"Um ambiente úmido e quente para crescer", comentou a srta. Potter, "é muito propício para o crescimento de muitos, muitos fungos."

"Sim, mas ela não poderia ter sobrevivido a..."

O animal se moveu.

Havia três veteranes naquela mesa, soldados com cicatrizes de batalha que haviam servido a seus países com honra em mais de uma guerra... e nós três gritamos como crianças pequenas e recuamos, horrorizados.

A lebre chutou duas vezes, parecendo não se importar que suas entranhas estivessem abertas, e conseguiu rolar. Angus se jogou na frente da srta. Potter. Eu me joguei para trás contra minha cadeira, derrubando-a e indo com ela. Isso se mostrou providencial, porque Denton jogou o bisturi para o lado, e teria me espetado com ele se eu não estivesse de costas no chão.

Quando consegui me levantar, a lebre estava rastejando pela mesa, deixando uma grande mancha rosada na toalha. Denton estava em um canto, tremendo, e Angus parecia atordoado.

A srta. Potter virou a sombrinha e prendeu a lebre no lugar com a ponta. "Cavalheires", disse ela, "eu a manterei no lugar se um de vocês quiser matá-la. De novo."

Movendo-me de forma quase mecânica, enfiei a mão na bolsa de Denton e tirei uma lâmina pesada que parecia semelhante a um cutelo. A lebre se contorceu e bateu os pés contra a toalha da mesa. O gosto fino de bile revestiu minha língua.

Um golpe sólido com o cutelo cortou a espinha da lebre, e ela caiu mole. Eu não parei até que o corpo estivesse totalmente separado da cabeça, e mesmo assim poderia ter continuado, mas Angus tirou o cutelo de mim.

"Acabou", disse ele.

"Não acabou", replicou a srta. Potter. "A cabeça ainda está se mexendo."

Olhei para a cabeça presa sob a sombrinha e vi a boca abrindo e fechando, os dentes de cinzel mordendo a toalha da mesa, e então o vômito subiu e eu me virei e saí correndo para a latrina.

Quando estava esvaziade até mesmo da lembrança distante da comida, eu me arrastei de volta para a sala. Eles tinham jogado a toalha de mesa por cima da lebre, que se contorcia, e a enrolaram em uma bola indistinta. Denton estava branco feito o guardanapo de linho que cobria seu rosto enquanto guardava tudo na bolsa. "A maior concentração de fungo cresceu na parte superior da coluna vertebral", disse ele, em uma voz distante e precisa. "Envolveu por completo as vértebras no local e se instalou no crânio."

"Mas cortar a coluna matou o corpo", afirmei. A imagem do cadáver de Madeline, com a cabeça inclinada, intrometeu-se por trás de meus olhos.

"*Não*." Ele fechou a bolsa com força. "Aquela lebre está morta há dias. O que quer que fosse aquilo, a estava manipulando como a um fantoche. Tudo que fizemos foi cortar as cordas principais."

"E elas não ficam cortadas", acrescentou a srta. Potter. Ela parecia ser a mais calma de nós quatro. "A taxa de crescimento de alguns fungos, como falei, é extraordinária. Suspeito que, se deixássemos este espécime sozinho por tempo suficiente, ele se regeneraria e começaria a se mover de novo."

"Pelo sangue de Cristo." Apoiei a cabeça nas mãos. Os mortos não andam. A não ser às vezes. "Então Madeline..."

"*Não*." Denton quase gritou. Depois de um momento, ele disse: "Vamos nos livrar desta coisa. Não consigo... não consigo pensar na outra coisa. Não por enquanto".

"Vamos jogar no lago, então?", perguntei.

"Não recomendo, tenente. Se isso entrar em contato com a fonte de água, pode infectar qualquer um que a beba."

O bigode de Angus curvou-se para baixo. Assim como o resto dele. "Srta. Potter", disse ele, baixinho, "já está no lago. Está nos peixes. Toda a nossa água potável vem do lago. Todos nós, nós três, estamos bebendo e tomando banho com ela há dias."

"Para mim faz semanas", lembrou Denton.

A srta. Potter não recuou de horror, que seu crédito seja dado. Ela assentiu uma vez, devagar, e falou:

"Então infelizmente há uma chance de todos vocês já terem contraído".

Denton assentiu para si mesmo. Olhei para meus braços, imaginando a pele sob o tecido com seus pelos escuros e finos. Se eu puxasse as mangas para trás, será que encontraria longos fios brancos brotando da superfície?

"Então vamos queimar", falei, pegando o pequeno embrulho. Imaginei sentir um leve tremor lá dentro. "Angus, traga óleo de lamparina."

O pátio do estábulo estava vazio, os cavalos recolhidos em suas baias. (Ai, Deus, será que aquela imundice estava dentro de Hob também? Será que eu o matara ao trazê-lo para cá?) Passamos por ele no caminho até o jardim irregular e a pilha de madeira. Chegava a ser patético o quão pequena ela era. Cada pedaço de madeira que poderia ser usado para aquecer a casa já havia sido aproveitado.

Larguei a toalha de mesa e seu conteúdo em cima das pedras de pavimento escurecidas, e Angus esvaziou uma das lamparinas sobre a toalha, depois ajoelhou-se e a acendeu. Ficamos ombro a ombro em um semicírculo ao seu redor, perto o suficiente para sentir o calor da chama, sem querer sair até que a besta fosse reduzida a cinzas. De vez em quando, Angus a cutucava com a vara, e, de forma imprudente, usamos o óleo da lamparina de Roderick para terminar o trabalho.

Levamos algum tempo até terminarmos, e a noite estava chegando. Quando voltamos para a casa, o grito assustado da srta. Potter fez todos nós pararmos.

"Que luz é essa?"

Um brilho esverdeado e doentio coroava a extremidade mais próxima da casa. Era tão fraco que talvez não o tivéssemos visto se o céu estivesse mais claro, mas ele se destacava com nitidez contra a escuridão.

"Um incêndio?", sugeriu Denton, embora não como se acreditasse. "Um... incêndio químico?"

Não tivemos que andar muito até que a borda do lago aparecesse, e isso respondeu à pergunta enquanto criava muitas outras.

O lago estava brilhando.

Era a mesma cena que eu tinha visto dias antes, com as luzes pulsantes que pareciam perseguir umas às outras ao longo das bordas de formas invisíveis, porém muito mais brilhantes do que da última vez. O brilho afetava a névoa tênue que se instalara sobre o lago, transformando-a em uma nuvem de luz doentia. As águas pareciam pulsar como um batimento cardíaco, mas muito mais rápido do que qualquer coração humano. Eu me perguntei de que forma isso se compararia ao batimento cardíaco de uma lebre, e então olhei em volta.

Não muito longe dali, com os olhos iluminados pelo fogo verde refletido, uma lebre estava parada observando.

"Angus..."

"Eu vi."

Nós quatro contornamos muito devagar a margem do lago. As luzes ficaram ainda mais brilhantes. A lebre não nos seguiu, e estava escuro demais para discernir outras. Minha pele se arrepiou em estado de alerta.

Por fim, paramos diante do passadiço que levava à casa. "Bem", começou a srta. Eugenia Potter, olhando para a água bruxuleante, "posso lhes dizer que isso *não* está registrado nos anais da micologia."

"Como se destrói um fungo?", perguntei à srta. Potter. "Rápido! Como algo assim morre?"

Ela desviou os olhos do lago e me encarou com uma expressão vazia. "Antifúngicos?", disse por fim. "Existem madeiras com propriedades antifúngicas... alguns pós... peróxido de hidrogênio, talvez...?"

"Você não sabe?"

"Eu desenho cogumelos, tenente! Em geral, tento mantê-los vivos!"

Apoiei minha cabeça nas mãos.

"Costumávamos tratar o fungo de pé com álcool, no exército", sugeriu Denton. "Nós os botávamos para mergulhar os pés em álcool."

"Isso com certeza poderia funcionar, mas quanto álcool você tem disponível?", perguntou a srta. Potter. "Pode afogar o lago inteiro?"

"Eu tenho uma garrafa de livrit", falei. "E suponho que ainda haja uma adega, embora talvez não esteja mais muito cheia."

A expressão da srta. Potter indicava que a adega não ia funcionar.

"Não importa", disse eu, observando as luzes pulsantes. "Não importa, não importa. Nós vamos cuidar disso. Eu vou cuidar disso. Angus..." Eu me virei. "Angus, quero que tire a srta. Potter daqui. Leve Hob. Se conseguir uma carroça, deixe-o no estábulo, e se algum de nós sobreviver... Ah, pelo sangue de Cristo. Ambos os nossos cavalos podem estar infectados."

"Eu resolvo", afirmou Angus. Não tive dúvidas. Ele fizera toda uma carreira cuidando de logísticas muito mais complicadas do que alguns cavalos.

"Tenente!", começou a srta. Potter, erguendo-se até sua altura total, que era maior que a minha, e me olhou feio. "Garanto que não sou uma florzinha delicada que precisa ser escoltada até um lugar seguro para o caso de eu desmaiar!"

"Srta. Potter, eu jamais sonharia em insinuar tal coisa", expliquei, "mas a senhorita é a única pessoa que tem a menor ideia do que, cientificamente, podemos estar enfrentando aqui, e que tem alguma chance de explicar tudo às autoridades de uma maneira que não pareça uma loucura completa. E se houver uma infecção ou infestação, ou... seja lá como chamar isso... as autoridades devem ser avisadas. Angus irá com a senhorita para garantir que seja levada a sério, porque... bem..." Aproximei-me e disse, em voz baixa: "Sabe como são os homens quando as mulheres tentam lhes dizer qualquer coisa".

A expressão da srta. Potter se desfez. Ela soltou um suspiro pesado e pegou a sombrinha. "Você não está errada, tenente. Muito bem." Lançou um último olhar sombrio para o lago brilhante

Eles desapareceram estábulo adentro e emergiram momentos depois. A srta. Potter montava Hob, que parecia um tanto surpreso, mas exibia suas boas maneiras. "É uma dama inglesa que você está carregando", adverti. "É provável que seja a décima quinta na linha de sucessão ao trono. Seja educado."

"Estou mais para centésima décima quinta", afirmou a srta. Potter, "um fato que me dá grande conforto." Ela deu um tapinha no pescoço de Hob. "Por favor, faça *excelentes* anotações sobre o que acontecer com o lago, tenente. Detesto a ideia de perder isso."

"Farei observações que deixarão a Real Sociedade de Micologia de cabelo em pé", prometi. "Angus, cuidado com as lebres."

"Pode deixar. E cuidado você também, jovem. Estou velho demais para domar mais um oficial."

Eles partiram pela estrada o mais rápido que podiam se mover com segurança no escuro. Fiquei assistindo-os partirem, depois me virei para Denton.

"E agora?", perguntou ele, olhando para o lago. O espetáculo de luzes estava começando a diminuir, embora alguns lampejos ainda corressem pela água escura em intervalos.

"Tudo bem", falei em tom sombrio. "Eles foram embora. Agora vamos conversar."

Capítulo 11

A QUEDA DA CASA MORTA

"Eu sei que o pescoço dela foi quebrado", declarei. "Roderick, eu presumo?"

Denton respirou fundo. "Como você ficou sabendo?", perguntou ele.

"Fui até a cripta e vi."

"Ah." Ele fez uma careta. "Não foi assassinato, se é isso o que quer dizer. Bem, foi, mas não... isto é..." Ele esfregou o rosto. "Preciso de uma bebida."

"Eu vou servir. Mas me conte tudo."

Eu teria usado minha última garrafa de livrit para uma causa tão justa, mas felizmente Denton tinha seu próprio conhaque. Seus aposentos não pareciam muito diferentes dos meus, embora ele não tivesse nenhum criado para ajudá-lo.

"Roderick me chamou há um mês", começou ele, desabando em uma cadeira. Isso ergueu uma nuvem de poeira, e provavelmente esporos de mofo, mas o que era mais um tipo de fungo neste momento?

"Por causa da catalepsia."

"Não exatamente." Ele tomou um gole de conhaque. "Era a loucura que o preocupava."

"Que loucura é essa?"

Denton gemeu, se levantou e vasculhou seus pertences até encontrar um envelope surrado. "Aqui. Não faz sentido brincar de perguntas e respostas quando você pode ler de uma vez."

Reconheci a caligrafia fina e pontuda de Roderick quando desdobrei a carta. Ele não perdeu tempo com saudações.

Denton,

Preciso da sua ajuda. Há algo muito errado com Madeline, mais do que a catalepsia que a aflige há alguns anos. Desde que quase se afogou, ela está sofrendo os efeitos de uma estranha loucura que a faz falar de uma maneira totalmente diferente da habitual. Uma manhã ela é ela mesma, então à tarde eu a encontro falando com os criados como se fosse uma criança pequena. Ela aponta para as coisas, pergunta como se chamam e parece surpresa. A voz dela fica muito estranha. Quando eu a confronto, ela volta ao seu antigo eu no mesmo instante, mas ainda se comporta de forma estranha e tímida, dizendo que foi apenas um momento de confusão.

O que ela está fazendo assusta os criados. O pior de tudo é que já ouvi alguém falar assim antes. Era Alice, sua criada, que falava desse jeito. Às vezes eu as ouvia no quarto de Madeline. Na época, pensei que Alice estava imitando outras pessoas para fazê-la rir.

Você vai pensar que estou muito enganado, Denton, mas quando ouço essa voz com que ela fala, começo a pensar em histórias de possessão demoníaca, não de doença. É terrível de testemunhar.

Sei que você é um homem da razão, e eu me esforço para ser também, embora esta propriedade horrenda esteja afetando meus nervos. Por favor, eu imploro, se restar alguma bondade em seu coração para qualquer um de nós dois, venha e me ajude.

A assinatura era de Roderick. Li a carta duas vezes, lembrando-me da maneira estranha de falar de Madeline na noite em que a encontrara sonâmbula, a maneira como ela havia começado a contar. *Maddy não*, ela dissera.

Se não era Maddy, quem era ela?

"Você não acredita em possessão, é claro", falei, olhando para cima.

"'Há mais coisas entre o céu e a terra, Horácio'... mas não, eu não acredito nessa alternativa em particular." Ele fez uma pausa, então disse, bem baixinho: "Não *acreditava* nessa alternativa em particular".

"E agora?"

Denton balançou a cabeça. "Não sei mais no que acredito. Quando falei com Madeline, ela era a mesma de sempre. Até que não era."

"Explique."

"Não consigo. Não de forma racional. Ela parecia sofrer algum tipo de mudança mental, e então sua maneira de falar passava a ser outra. Não é como qualquer coisa que eu já tenha visto antes." Ele olhou para o teto. "Fala embolada com afasia, que é um diagnóstico tão útil quanto a catalepsia. A maioria de nós passa por isso quando bebe, pelo amor de Deus. Eu sou um cirurgião popular, Easton, eu corto *membros*. Não sou um alienista." Ele fez uma careta. "Eu lhe contei que ela quase se afogou, certo?" Eu assenti com a cabeça e ele continuou. "Roderick achava, e começo a concordar, que não havia nenhum *quase* nisso. Ele me disse que ela estava na água há horas quando a encontrou."

Olhei para ele, desejando que as palavras fizessem sentido, mas não funcionou. "O quê?"

"Achei que ele estava maluco", disse Denton sem rodeios. "O tempo desacelera quando você entra em pânico, é claro. Ele a puxou para fora da água e achou que era tarde demais. Então a levou para a cripta e chorou debruçado sobre ela durante metade da noite."

Engoli em seco. "E?"

"E ela acordou. E começou a falar com ele naquela voz que ele achava tão perturbadora."

"Como isso é possível? Será que ela se afogou mesmo?" Eu não sabia por que estava perguntando, quando eu mesmo vi a lebre se contorcendo, mas as lebres não são iguais aos humanos, são?

Denton balançou a cabeça.

"Afogamentos são estranhos", admitiu ele. "Às vezes, as pessoas voltam, muito depois de você estar convencido de que se foram, ainda mais em águas frias. Foi o que eu disse a Roderick, de qualquer maneira, quando ele insistiu que ela estivera na água por mais de alguns minutos." Ele se recostou de volta na cadeira. "Continuei pensando que

Madeline estava apenas grogue depois de acordar com um susto, e que Roderick tinha entrado em pânico e achado que ela passara muito mais tempo na água do que de fato passara."

"E foi depois disso que ela começou a manifestar esse... outro lado."

Denton assentiu de novo. "Não achei que o afogamento tivesse muita relação com isso. Parecia mais provável que fosse decorrente do suicídio de sua criada. Elas eram próximas. Talvez estivesse tentando manter viva uma brincadeira das duas."

"E agora?"

Ele bufou. "Agora é óbvio, não? É esse fungo. Está causando esse estado alterado de alguma maneira. Primeiro na criada, depois em Madeline. Talvez seja algum tipo de efeito alucinógeno ou um simples envenenamento."

"Por que matá-la?" Minha capacidade de fazer essa pergunta sem qualquer tom condenatório era um indício do quanto meus parâmetros tinham mudado.

"Roderick diz que não pretendia matá-la, mas sim à coisa que tomou conta do corpo dela."

"Então o fungo entrou nela a partir do lago e a afetou, fazendo com que ela agisse dessa maneira..."

"É o que parece." O rosto de Denton estava sombrio. Depois de um momento, ele disse, inexpressivo: "Depois que ele a matou, eu não sabia o que fazer. Não sabia o que estava acontecendo, mas Roderick disse que era maligno e estava devorando Maddy, e... Deus tenha misericórdia, não posso dizer que ele estava errado".

Pensei no sorriso de Maddy naquela noite, os dentes arreganhados, os olhos vazios e em como recuei. Maligno podia não ser a palavra certa, mas eu entendia como Roderick tinha chegado até aquele ponto. "Então você o acobertou."

"Sim. Sei que foi errado, mas..." Ele ergueu as mãos e as deixou cair. "Ele também está morrendo. Não consigo imaginá-lo durante muito mais nesse estado."

"Tudo bem", falei. "Tudo bem." Tentei formular as palavras que precisavam ser ditas, mas, em vez disso, bebi meu conhaque. Eu gostaria de ficar extremamente bêbade. Gostaria de montar em um cavalo e ir embora o mais rápido que seus cascos pudessem me carregar, mas Hob havia partido e Angus fora com ele. Tanto Denton quanto eu sabíamos a verdade, mas dizer em voz alta tornaria real, e meu Deus, como eu queria que não fosse.

Pousei o copo e respirei fundo. "Madeline agora está como a lebre", continuei em um tom sombrio. "É por isso que ela não está na placa de pedra. Essa coisa está movendo-a por aí."

Não sei por quanto tempo ficamos ali sentados depois disso, bebendo nossa coragem. É provável que muito. Apesar disso, mais cedo ou mais tarde você precisa agir, ou se resignar a não agir.

"Precisamos achar o corpo dela", declarei, me levantando da cadeira.

"Ela ainda deve estar na cripta", afirmou Denton. "Sem dúvidas isso não pode levá-la muito longe."

Olhei para ele, então me dei conta de que ele não tinha visto as lebres e seu terrível andar arrastado e desconjuntado, apenas a da mesa, que tinha conseguido andar alguns passos antes de ser detida. "Acho que talvez possa fazer um pouco mais do que isso", falei.

Denton pegou a garrafa e terminou de tomar a bebida. "Não podemos deixar Roderick vê-la assim", declarou ele. "Teremos que queimar o corpo."

Eu assenti com a cabeça e peguei uma lamparina, assim como Denton. Eu ainda tinha minha pistola, mas de que adiantaria atirar no cadáver de Maddy? Isso não parara a lebre.

Os degraus da cripta estavam frios e escuros; Denton e eu estávamos apreensivos. Cada movimento das lamparinas fazia as sombras bruxulearem e, sempre que uma parecia se assomar, nós dois recuávamos.

"Parecemos duas crianças, e não soldados", murmurei. Denton sussurrou algo baixinho, que não entendi.

A cerca de dez passos do fim, parei. Denton quase bateu nas minhas costas. Levantei a lamparina bem alto, revelando a porta da cripta.

A porta *destravada* da cripta.

A porta que agora estava entreaberta.

"Por que você parou?", sussurrou Denton.

"A porta está aberta."

"Você a fechou antes?"

"Achei que tinha fechado." No entanto, eu não tinha colocado a trava. Por que travar a porta de uma cripta vazia? "Será que Roderick entrou?"

"Roderick não deveria nem conseguir se levantar para mijar no penico", disse Denton. Ele fez uma pausa, então acrescentou de má vontade: "É claro que eu só tenho me enganado desde o início disso tudo, então minha opinião médica não vale um tostão furado".

Indaguei a mim mesmo o que diabos seria um tostão furado, mas não parecia o momento de perguntar. Desci os últimos degraus e empurrei a porta para o lado.

A placa de pedra ainda estava vazia. "Maddy?", chamei. Os ecos dispararam pelo ambiente como pássaros, e eu conseguia ouvir minha voz ressoando sem força no corredor do outro lado da cripta, nas catacumbas onde gerações da linhagem dos Usher jaziam mofando.

Nenhuma resposta. Prestei atenção a qualquer som: um farfalhar do sudário embolado; o som de um corpo se arrastando, um membro de cada vez.

Nada.

"Ela não está aqui", falei.

"Ela tem que estar", rebateu Denton. "Você não pode me dizer que ela deu conta de todas aquelas escadas."

"Por que não?" Uma suspeita se formava no fundo de minha mente havia horas, e eu estava lutando contra ela. Se não colocasse em palavras, poderia fingir que não estava pensando.

"Porque ela está morta! E é um fungo, não um... não um..." Ele procurou as palavras. "É um cogumelo metido a besta! Talvez possa fazer um corpo se revirar, mas isso é tudo! Ela deve ter rolado da pedra..."

Levantei a lamparina, derramando a luz nos cantos da sala. "Olhe em volta, Denton. Você está vendo Madeline?"

Ele avançou, contornando a pedra, com uma clara esperança de encontrar o corpo ali. Eu teria ficado ofendide por ele pensar que a srta. Potter e eu poderíamos ter deixado de ver um cadáver, mas estava com a sensação de que ele estava tentando evitar seu próprio conjunto de pensamentos.

Ao não encontrar um corpo, ele contornou a pedra outra vez, então deu alguns passos em direção ao corredor que levava às catacumbas. Logo, parou, pensando melhor. "Tem certeza de que fechou a porta?", perguntou ele.

"Tenho. Eu poderia ter me esquecido da trava, mas fechamos a porta." Levantei a mão. "Eu sei, eu sei que portas são muito complicadas para um fungo entender. Mas aqui estamos."

"Deve ter sido Roderick. Ou um dos criados. Seu homem, Angus, se você contou a ele..."

"*Não* foi Angus."

"Um dos criados, então."

Eu só o encarei. Ele rosnou e caminhou de volta para o corredor, com a lamparina em punho. Fui atrás, não querendo que ele desaparecesse sozinho nas profundezas das catacumbas. *E se Madeline estiver aí? Esperando?*

Olhei para baixo e parei, soltando um silvo.

"O quê?" Denton se virou, a chama refletia como alfinetes laranjas em seus olhos.

"Olhe para o chão. Olhe para a *poeira*."

Fazia anos desde que a poeira do corredor tinha sido mexida. Talvez décadas. Eu não conseguia me lembrar quanto tempo fazia desde a morte do pai de Roderick. Havia um tapete grosso de poeira no chão.

Duas linhas de pegadas se destacavam. Alguém com pés pequenos tinha passado por ali, não muito tempo atrás. Os pés se arrastaram pelo chão, deixando linhas borradas, mas a cada poucos metros, a marca dos dedos dos pés descalços era inconfundível. Então tinham dado meia-volta.

Denton engoliu com um espasmo. "Alguém passou por aqui."

"Alguém. Sim. E depois voltou." Dei um passo para trás, em direção à cripta principal. Gratidão tomou seu rosto, e então partimos a passos rápidos de volta por onde tínhamos vindo. (Nós não corremos. Se corrêssemos, teríamos que admitir que havia algo do que correr. Se corrêssemos, então a criança pequena que vive no coração de cada soldado saberia que os monstros poderiam nos pegar. Por isso não corremos, mas foi por muito pouco.)

A porta ainda estava aberta. O chão ali tinha inúmeras pegadas, sobrepostas demais para conter qualquer pista de quem tinha ido para onde. Fui até a porta da cripta, tentando pensar. Madeira pesada, com arabescos de ferro ornamentados, tão gótica quanto o resto daquele maldito solar. Madeline era um pouco mais baixa do que eu. Se tivesse tocado a porta...

"Denton."

"O quê?"

Apontei em silêncio. Ao lado do puxador de ferro, exatamente onde o braço de alguém pousaria se a pessoa apoiasse o peso contra a porta, havia uma cruz de metal. Na lateral, estavam presos uma dezena de cabelos brancos e finos.

* * *

Eu esperava que Denton discutisse, que dissesse que devia ter sido a mortalha roçando a porta. No entanto, ele olhou para os cabelos brancos por um bom tempo, então expirou de uma vez e endireitou os ombros. "Entendi."

"Ela entrou nas catacumbas sozinha. E saiu de novo mais tarde." E tinha feito isso de pé, e usado a porta.

Ele assentiu uma vez, sem tirar os olhos da porta.

"Denton", falei, "acho que devemos encarar a possibilidade de que Madeline esteja…", lutei por uma palavra, e por fim me decidi, "… consciente."

"É impossível", disse ele, quase em tom casual. "Mas isso não impediu nada até agora, não é?"

"Por que é impossível?"

"Porque ela está morta. E cogumelos não têm consciência."

"Imaginemos que ela não esteja morta. Não, me escute. Você disse que, às vezes, as pessoas se afogam e voltam muito depois de terem morrido, certo?"

"Horas depois, tenente. Não dias."

"Imaginemos que o fungo a manteve viva. Ele vive na água, não é? Assim, é capaz de sobreviver ao afogamento. E se ele fizer algo para que o hospedeiro sobreviva também?"

Denton enfim olhou para mim, abrindo a boca, depois voltando a fechá-la. Eu quase podia ver as engrenagens de seu pensamento.

"O cérebro morre por falta de oxigênio", comentou ele, devagar. "Se o fungo puder fornecer oxigênio de alguma forma… absorvê-lo e passá-lo para o cérebro… sim, tudo bem. É uma ideia tola e eu não deveria acreditar nisso nem por um segundo, mas se já está no tronco cerebral, por que não?"

"Madeline acorda alguns dias depois de seu pescoço ser quebrado", prossegui. "Ela se levanta e entra nas catacumbas. A srta. Potter e eu descemos e depois saímos, e ela volta para a cripta e encontra a porta destravada. Ela abre e sai." Fiz um gesto para a escada.

"O que significa que ela está em algum lugar da casa." Denton falou com um ar cômico, mas reconheci o humor que os homens experimentam quando veem uma linha de canhões em posição. *Ah, sim, é claro que o inimigo tem canhões, por que não? Ah, e você diz que estamos sem balas? Haha!*

"Isso."

"Para onde ela iria?"

"Para onde você acha?" Comecei a subir as escadas. "Aonde você iria se alguém quebrasse *seu* pescoço? Ela iria atrás de Roderick."

Desta vez corremos. Disparamos escada acima. Denton foi na frente até os aposentos de Roderick. Nossas lamparinas sacolejavam e enchiam os corredores com gigantes de sombras. Se não tivéssemos cuidado, derramaríamos o óleo e queimaríamos o lugar inteiro.

O corredor de cima já estava iluminado, não por velas, mas por uma luz pálida e doentia entrando pela janela no final. Meu Deus, já estava amanhecendo. Quanto tempo havíamos passado sentados bebendo e tentando aceitar a situação? Quanto tempo havíamos passado na cripta?

Quanto tempo fazia que Madeline estava sozinha com o irmão indefeso?

A porta de Roderick se abria para o corredor e agora estava entreaberta. Denton e eu trocamos um olhar agitado e tentamos nos enfiar pela porta ao mesmo tempo. Eu era um pouco mais veloz, então fui eu quem adentrou o quarto de Roderick, a pistola em uma das mãos e a lamparina na outra, e encontrei Madeline.

Sentada na cama de Roderick.

Capítulo 12
A QUEDA DA CASA MORTA

Sua cabeça estava inclinada em um ângulo terrível, o pescoço horrivelmente torto. Ela teve que virar o corpo todo para ficar de frente para a porta enquanto a cabeça pendia de lado. Ela ergueu o ombro para mantê-la um pouco levantada, e algo naquele pequeno gesto foi tão terrível que me fez parar onde estava.

"Alex", disse ela. Sua voz estava fraca e ofegante, como se ela não conseguisse inspirar muito ar. Será que seus pulmões estavam cheios de fungos, como os da lebre? Era só porque seu pescoço estava quebrado? Isso sequer importava?

"Madeline." Roderick ainda estava deitado na cama, de lado. Eu não sabia dizer se ele estava respirando. Ela o tinha matado?

E se ela tivesse, era assassinato ou apenas justiça?

"Atirar... em mim... não vai... fazer muito...", sussurrou ela. Seu cabelo solto caía por cima dos olhos, cabelos brancos sobre a pele cor de osso. Quando ergueu a mão para afastar os fios, vi que seus dedos estavam violeta-escuros e que uma longa linha descia pela parte de baixo de seus braços. Você a via em homens mortos às vezes, quando o sangue se acumulava ali. O que quer que o fungo estivesse fazendo, o coração de Madeline tinha parado de bater dias atrás.

Ela tossiu, e sua voz ganhou um pouco de força. "Porém imagino... que eu não iria gostar." Ela sorriu com tristeza para mim, e era seu sorriso familiar, aquele que eu conhecia desde que éramos crianças.

"Meu Deus, Maddy", falei. Baixei a arma. Eu achava mesmo que poderia atirar nela? "Meu Deus. O que aconteceu com você?"

"O pescoço quebrado foi... um problema", disse ela, pensativa. "O lago tinha acabado de entrar... no meu cérebro... e na minha pele. Agora va tinha que crescer para baixo... depois do ponto quebrado. Levou... dias." Ela balançou a cabeça para mim, jogando-a de um lado para o outro. Eu podia ver o ângulo pontudo de sua traqueia. A náusea tentou me agarrar. "Inteligente... o Roderick. Ele nunca entendeu... o lago."

Denton veio para o meu lado, com os olhos na cama. "Roderick está vivo, Madeline?"

"Eu não... o matei." Ela tossiu de novo, e sua cabeça escorregou do ombro, sacolejando. Tive que desviar o olhar. Quando voltei a encará-la, ela enfiara a mão na boca e estava puxando algo. Longos fios brancos saíram e ela os enrolou ao redor de sua mão, então os deixou cair, despreocupada, no colo. "Pronto", falou ela, e sua voz estava mais forte.

"Pronto, está um pouco melhor. Va encheu meus pulmões, entende. Para me salvar, mas agora tem demais." Ela empurrou a cabeça de volta para o ombro.

"Va?" A quem ela estava se referindo como uma criança?

"O lago." Ela sorriu para mim. "Sempre foi o lago."

Denton deu um passo à frente. "Posso examinar Roderick?", perguntou ele. Era a coisa certa a fazer, é claro, mas eu estava desesperade para descobrir o que Madeline queria dizer e por que ela estava se referindo ao lago como se fosse uma criança.

"Pode."

Denton contornou a cama com a cautela que teria se ela tivesse uma granada não detonada. Madeline o ignorou. Eu me perguntei com que rapidez ela era capaz de se mover. Peguei-me esfregando o guarda-mato com o dedo e parei. Hábito terrível. Angus teria gritado comigo.

"Maddy", chamei, na esperança de prender sua atenção. "O que você quer dizer com 'sempre foi o lago'?"

"Va está procurando há muito tempo", disse ela, melancólica. "Va conseguia entrar nos animais. Foi assim que va aprendeu a usar seus sentidos. Não consigo imaginar como deve ter sido na primeira vez. Imagine só, se você não tivesse visão e nem mesmo a sensação de que a visão existe, como chegaria lá? Ouvir foi mais fácil. Va entendia vibrações, e ouvir é exatamente isso. E va já conhecia o olfato." Ela apontou para os próprios olhos. "Agora, como você imaginaria que esses dois sacos redondos de geleia fazem alguma coisa? Mas o lago descobriu!"

Engoli em seco. Atrás de Madeline, Denton me deu um sinal de positivo. Roderick ainda estava vivo. Graças a Deus.

"Você está me dizendo que o lago é inteligente", concluí.

Ela sorriu para mim. "Mais do que você ou eu. Pense em tudo que você conseguiu aprender."

"E..." Denton estava puxando o punho de Roderick, possivelmente tentando tirá-lo da cama. "O lago fala com você? Comunica-se de alguma maneira?" Metade de mim pensava que ela enlouquecera. A outra metade me lembrou de que eu estava conversando com uma mulher morta. *Cogumelos não pensam. Sim, e os mortos também não andam.*

"Falar foi o mais difícil", explicou Madeline. Ela arrancou mais hifas de dentro da boca. "Eu tive que lhe ensinar uma espécie de linguagem de sinais primeiro. Va não entendia nada sobre a fala." Ela riu de novo, uma risadinha áspera como papel, que deixou meus dentes cerrados e soava ainda mais terrível pelo ângulo impossível de sua traqueia. "Quando paramos para pensar, nós falamos tossindo ar e balançando os lábios quando ele passa. Como alguém poderia entender isso, se não nasceu para falar? Mas va enfim entendeu!"

Res'iraaar ar força, pensei. *Maddy não. Maddy um e eu um... Meu Deus, era o* lago *falando. Ela ensinou o fungo a falar.*

As pistas estavam diante de meus olhos, mas como eu poderia ter adivinhado a verdade? Como poderia saber que, quando Maddy estava falando "parede", "vela" e contando, era na verdade uma *aula de vocabulário*?

Como eu poderia ter imaginado que ela trataria o fungo como uma criança?

Denton havia tirado Roderick da cama. O último Usher homem parecia grogue e se apoiava em Denton como um bêbado, mas estava se movendo. Eu o ouvi murmurar uma pergunta, mas Denton o silenciou.

Madeline começou a se virar, então eu dei um passo à frente para distraí-la. "Você ensinou va... o lago... a falar?"

Funcionou. Ela abriu um largo sorriso para mim. "Quando va percebeu que estávamos usando sons para nos comunicarmos, aprendeu quase sem ajuda. Tão inteligente! Minha criada e eu — va assumia o controle de Alice e eu lhe ensinava o que podia. Mas então Alice se matou, aquela boba, e ficou mais difícil." Um lampejo de algo surgiu em seu rosto: tristeza, raiva ou decepção, eu não sabia dizer.

"Ela se matou?"

"Ela não entendia." Madeline começou a se levantar. Uma de suas mãos serpenteou para agarrar a cabeceira da cama, quase como se estivesse desconectada do resto de seu corpo. "Ela não entendia o que va estava tentando fazer, e aquele tolo do irmão dela levou seu corpo embora e o queimou, imagine só. Então ela não podia nem voltar!"

O fogo para o fungo, então, pensei, e uma onda de alívio indescritível me atingiu. Se entrasse em mim, desde que Angus queimasse meu corpo, estaria tudo bem. *Os mortos podem andar, mas eu não serei um deles.*

"Mas *você* entende, Easton. Você pode continuar a ensinar ao lago. Va não pode fazer meu corpo continuar por muito mais tempo, infelizmente. Estou começando a me desfazer. Algumas coisas quebram depois de um tempo." Ela sorriu de novo, com tristeza, e deu um passo à frente.

Maddy se movia como as lebres e, enfim, eu entendi.

O controle que ela possuia sobre o corpo parava no pescoço. Abaixo do ponto quebrado, o lago a controlava feito uma marionete.

Fiquei imóvel por tempo demais, observando sua aproximação. "Madeline", falei com cuidado, "essa coisa... seja lá o que for... é o que estava matando você. Devorando você viva." Eu não ia chamar o fungo de *va*. Jamais. Era um horror e tinha devorado minha amiga.

"Eu sei, eu sei", disse Madeline. Ela revirou os olhos para dispensar meu comentário. "Claro que sim. Va não fez de propósito. Va retardou o processo tanto quanto pôde, mas não podia deixar de se alimentar um pouco. Claro que acabei morrendo depois de um tempo."

Denton e eu nos entreolhamos por cima da cabeça dela. Eu torci para que meu rosto estivesse inexpressivo. O dele não estava.

"Você sabe que está morta", falei.

O sorriso de Madeline era beatífico. "Easton", falou ela, com tanta gentileza que parecia que estava falando com uma criança, "estou morta há pelo menos um mês."

O lago estendeu uma de suas mãos, mas eu recuei. Havia tufos de hifas parecidas com algodão crescendo sob suas unhas, chocantemente brancas contra a pele arroxeada pelos hematomas. Seu toque havia me alarmado dias atrás. Sabendo o que eu sabia agora... *pelo sangue de Cristo. Pelo menos o fogo funciona. Se eu conseguir colocar o óleo da lamparina nela... não, não vai ser suficiente. Precisamos de um monte para queimar a lebre.* Meu Deus, por que os corpos são tão *molhados?*

Denton estava meio conduzindo, meio carregando Roderick para contornarem a cama. Eu me afastei um pouco para o lado, tentando me colocar entre Madeline e os outros dois. "Como isso é possível? Você estava respirando. Você tinha batimento cardíaco."

"O lago manteve meu coração batendo enquanto pôde. Meu corpo sabia o que fazer, va só precisava dar as ordens. Mas depois que Roderick quebrou meu pescoço, as ordens pararam de chegar." Ela empurrou a cabeça para cima de novo. "Não importa. O que eu era, quando estava viva? Não tinha serventia para ninguém, muito menos para mim mesma. Eu era uma boneca bonita para minha mãe vestir e para os homens olharem, mas então ela morreu, e depois de um tempo eu vim para cá, onde não havia homens para me olharem. Até que, enfim, encontrei um propósito." Ela sorriu para mim. Havia fios brancos nos cantos de sua boca e, quando ela falou, pude vislumbrar sua língua, revestida de lã clara. Dei outro passo para trás.

Maligno, Roderick dissera. Mas não era algo maligno que eu estava vendo ali, era *alienígena*, uma monstruosidade alienígena tão distante do que eu entendia, que cada fibra do meu ser gritava para rejeitá-la, para fugir, para *afastá-la*...

"Alex queride", chamou ela, e uma linha surgiu entre suas sobrancelhas. "Você entende, não é? Você precisa entender. Precisa me ajudar a salvar va."

"Maddy, eu..."

"Você *precisa*."

"Eu jamais poderia ajudar algo que matou você." O que soava melhor que a verdade completa: eu queria atirar na coisa que ela havia se tornado e então queimar o corpo e salgar o terreno.

"Você está ajudando Roderick."

A vergonha cresceu em minha barriga. Ela não estava errada.

"O lago não machucou ninguém", afirmou ela. "Não de propósito. Va não sente dor, então como poderia entender? Agora va compreende melhor." Mais um passo à frente. "Não vai doer agora. E se eu não estivesse tão fraca, o pouco que va teve que tirar para se alimentar não teria feito diferença."

Denton estava quase alcançando a porta com Roderick.

"Maddy, você está me pedindo para deixar essa coisa me infectar?"

"Não *infectar*." Ela pareceu ofendida com a palavra. "Apenas lhe dê uma casa. Va é como uma criança, precisa de alguém para cuidar van, e eu sei que você vai proteger e defender va como sempre fez comigo."

Ela andou para a frente e eu recuei. Eu tinha uma arma de fogo e cerca de 45 quilos a mais que ela, mas mesmo assim bati em retirada.

"Alex..."

Denton estendeu a mão e agarrou a parte de trás do meu casaco. Ele puxou e eu cambaleei para trás. A última coisa que vi de Madeline foi a porta batendo na sua cara.

* * *

Não havia tranca do lado de fora. Apoiei meu peso contra a porta. "Pegue algo para bloqueá-la", falei para Denton. Roderick estava encostado na parede, como um bêbado segurando o balcão do bar. O médico disparou pelo corredor.

"Alex?" Maddy bateu na porta.

"Esse é o barulho", murmurou Roderick. "Esse é o barulho. Ela ainda está se movendo. Eu consigo ouvi-la da cripta. Você não consegue?"

"Sim, consigo", garanti a ele.

"Alex, me deixe sair. Você precisa me ajudar."

A porta tremeu com um golpe e chegou até a me empurrar alguns centímetros. Finquei os pés e apoiei minhas costas contra ela. O lago era muito mais forte do que Madeline jamais fora.

"Alex, eu estou implorando!"

"Não é ela!", exclamou Roderick. Ele estava inclinado para o lado, mas não me atrevi a segurá-lo. "Easton, não é realmente ela."

"Eu sei", falei para ele. "Eu sei que não é."

"Alex, você precisa me ajudar a salvar o lago!"

"Tenente... eu a escuto..."

"Eu também, Usher."

Golpes choveram contra a porta. Como aquilo podia ser tão *forte*? Imaginei os pulsos frágeis de Madeline batendo contra a madeira. Sem dúvida a pele se partiria devido a tal castigo, mas talvez o lago não se importasse. Por que um fungo se importaria com uma carne ferida? Não sentia dor, e agora, ela também não.

"Alex!"

O zumbido rugiu em meus ouvidos, abafando tudo. Foi bem-vindo, mas não durou o suficiente.

"Desculpe, Maddy", falei. Não sei se ela me ouviu.

"Essa coisa fala como ela", disse Roderick, "mas não é. É a outra coisa."

"Eu sei."

Barulhos altos de algo sendo arrastado anunciaram a chegada de Denton com um banco comprido. "Aqui", mostrou ele. "Deve ser grande o suficiente para apoiar contra a parede oposta."

Era. Por pouco. A porta abriu uma fresta quando ele posicionou o banco no lugar, e eu vi os dedos arroxeados de Madeline deslizarem pela beirada. Algumas hifas ficaram presas na madeira áspera. A parte inferior de sua mão tinha sido martelada até ficar em carne viva, com pedaços gelatinosos pendurados e longos fios brancos.

Sua mão segurou a porta e a empurrou. O banco bateu na parede e ouvi o gemido da madeira, mas ele aguentou o tranco.

"Eaaaastonnn...", disse a voz atrás da porta, não mais a de Maddy. "Eaaastonn...?"

"Tire os criados daqui", falei para Denton. *O único que resta, provavelmente.* Enfiei o braço por baixo do de Roderick e o arrastei para que ficasse de pé. Minhas costas gritaram dizendo que eu não era mais jovem e, portanto, pagaria o preço. *Mais tarde*, falei para elas. *Mais tarde posso desmoronar.*

Roderick caiu contra mim. "Eu sabia que teria que matá-la", sussurrou. "Eu sabia. Não esperava que você fosse vir para cá."

"Está tudo bem", respondi. "Está tudo bem."

De alguma maneira, conseguimos descer as escadas. Roderick começou a suportar melhor o próprio peso. Minhas costas agradeceram, mesmo que ele fosse devagar.

"Minha intenção era que Denton fizesse uma visita e depois fosse embora", explicou ele. "Quando ele visse como ela parecia doente, ninguém ficaria surpreso que ela morresse logo depois." Ele levou a mão trêmula ao rosto. "Sinto muito, Easton. Eu sinto muito. Precisava pôr um fim àquela coisa."

Eu assenti com a cabeça. Era impensável, mas depois do que tinha visto, não questionei seus motivos. "Está tudo bem, Roderick. Eu entendo." Bati nas suas costas como se ele fosse um cachorro que eu tentava tranquilizar. Era estranho, mas isso pareceu acalmá-lo. "Vai ficar tudo bem." O que era uma mentira, mas uma da qual nós dois precisávamos.

Quando chegamos, Denton estava com os criados no pátio. Havia apenas dois, o criado onipresente e uma mulher, que supus ser a cozinheira. "Mandei o cavalariço para a estalagem com meu cavalo", disse ele, e eu assenti.

Roderick ficou de pé sozinho, cambaleante. Ele acenou com a cabeça para os dois criados. "Aaron. Mary. Acabou. Por favor, vão para a aldeia. Eu vou..." Ele engoliu em seco. "Vou alcançar vocês quando puder."

Mary se virou, inexpressiva. Aaron se demorou. "Senhor... posso ajudá-lo?" Ele me olhou com uma desconfiança cautelosa, sem saber se eu arquitetara a condição de Usher ou se era sua salvação.

"Agora não." Roderick abriu um sorriso fraco. À luz da manhã, sua pele adquiria um tom medonho. "Por favor, vá com Mary. Para eu não ficar preocupado."

"Muito bem, senhor." Aaron se levantou e se curvou, então seguiu a cozinheira pela estrada, para longe da casa.

E então ficamos apenas Denton, Roderick e eu, de pé no pátio e observando aquela casa maldita, as janelas que olhavam para baixo como olhos alienígenas. O lago tremeluzia e criava reflexos no vidro.

"Quanto tempo você acha que vai levar para ela sair?", perguntou Denton.

Engoli em seco, lembrando-me daqueles golpes de martelo contra a porta. "Não muito. Se a coisa não quebrar o corpo dela enquanto tenta." E mesmo isso talvez não a impedisse. Por que impediria? Examinei o caminho em forma de arco que levava ao jardim, procurando por lebres.

"É simples", disse Roderick. "Os Usher permitiram que essa coisa monstruosa crescesse. O último Usher vai garantir que isso não saia daqui." Ele assentiu para si mesmo.

"Você não pode ir sozinho", falei na mesma hora.

"Eu posso sim." Ele apertou meu ombro. "Eu ainda a ouço", acrescentou. "Eu consigo ouvi-la agora. Ela está lá. Não está morta. Não está morta o suficiente. E consigo ouvir a coisa no lago respondendo."

"Mas e se..."

Ele abriu um sorriso angelical para mim. "Vá, Easton. Você é ê últime amigue que tenho, e ê melhor. Faça só mais isso por mim."

Engoli em seco. Então bati nas costas dele uma última vez e me afastei. Denton e eu cambaleamos para longe daquela casa amaldiçoada, enquanto Roderick Usher voltava para dentro.

Estávamos no meio da estrada, e ainda conseguíamos avistar o solar quando a primeira chama chegou ao telhado.

Capítulo 13

A QUEDA DA CASA MORTA

A casa queimou por dois dias. Exaustos, Denton e eu nos revezamos para afastar qualquer um que tentasse extinguir as chamas. Devo ter dormido em algum momento, mas, para falar a verdade, não tenho lembrança.

Ouvi o rugido do fogo e pensei em Roderick dizendo: "Já sei até onde acenderia o fósforo".

Se o lago brilhou, o brilho foi engolido pelos reflexos alaranjados.

Por fim, quando estava claro que não havia como salvar a casa ou qualquer coisa dentro dela, fomos para a estalagem da aldeia. Dormi dezoito horas seguidas, acordando apenas para beber chá frio e mijá-lo em seguida. Se a água tivesse sido fervida para o chá, sem dúvida seria segura. Sem dúvida.

Quando enfim me levantei, procurei no espelho qualquer sinal de lã branca na minha língua. Não consegui ver nenhum.

Desci cambaleando até a sala comunal e encontrei Denton encolhido perto da lareira. "Sua aparência é como eu me sinto", falei para ele.

"Que coincidência", respondeu. "Eu me sinto como a sua aparência."

Desabei na outra poltrona perto do fogo. O estalajadeiro me trouxe uma caneca de alguma coisa. Estava quente. Isso era tudo que me importava.

Ficamos sentados ali. Eu bebi o conteúdo da caneca e, aos poucos, voltei a me sentir um ser humano. Não foi uma bênção sem conflitos. Significava que eu conseguia pensar novamente, e meus pensamentos eram um horror. A julgar pelas olheiras de Denton, os dele não eram muito melhores.

"Não paro de pensar no que aquilo era capaz de fazer", disse Denton.

"De assumir o controle de nós, você quer dizer?"

"Não só isso." Denton aproximou um pouco mais a cadeira. "Aquilo podia movimentar as pessoas. Estava aprendendo a falar. Imagine se ficasse melhor nisso. Bom o suficiente para que ninguém achasse que algo estava estranho. Imagine se ele se espalhasse."

O frio em meus ossos parecia irradiar para fora. "Poderia ir a qualquer lugar", falei, baixinho. "Reproduzir-se. Estaríamos à sua mercê. Seríamos suas meras extensões, como as lebres."

Denton assentiu.

Madeline dissera que o lago não fazia nada por mal. A raiva também não, provavelmente. Não podíamos pôr em risco a humanidade contando com a boa vontade de um monstro infantil capaz de usar os mortos como marionete.

Peguei o atiçador e mexi na madeira, tentando me aquecer. "Como sabemos que não está em nós?"

"Não sei. Acho que, se não enchermos os pulmões de água do lago, talvez fique tudo bem. Parece começar nos pulmões. E Madeline não parava de voltar para a água, talvez para... não sei, talvez para que a parte que estava nela pudesse falar com a parte do lago. Então, talvez, se pudermos destruir o que está no lago de alguma forma..." Ele parou. Eu me perguntei se havia álcool suficiente na aldeia para limpar o lago, ou, aliás, se havia álcool suficiente em toda a Galácia.

"Como diabos nós podemos destruir um lago?", perguntei, no momento que a porta da frente se abria.

"Bem", disse Angus, batendo os pés no tapete, "a carroça carregada de enxofre que trouxemos parece um bom começo."

"Quinhentos e cinquenta quilos de enxofre!?" Olhei de Angus para a srta. Potter e de volta para ele. "Onde vocês conseguiram? *Como* vocês conseguiram...?!"

Estava claro que a srta. Potter tinha viajado em um ritmo intenso, e que sofrera com isso. Seu cabelo era um emaranhado grisalho selvagem e havia imensas bolsas sob seus olhos. No entanto, suas costas estavam eretas e o lábio superior, tão rígido como sempre. Eu estava muito feliz em ver a ambos.

Angus estava com cara de Angus. Angus sempre estava com cara de Angus.

"O enxofre", relatou a srta. Potter em tom afetado, "é usado no tratamento da sarna, de ferrugens e de uma série de outras doenças fúngicas que afetam árvores frutíferas.

Quando ficou claro que as autoridades não estavam dispostas a ouvir o que tínhamos a dizer, fizemos algumas paradas em vários pomares mais abaixo no vale. Este é, segundo me disseram, o melhor enxofre siciliano, considerado superior ao tipo americano."

"Madame", disse Denton, "embora em ocasiões normais eu pudesse tentar defender a honra de meus compatriotas, neste momento eu poderia beijá-la e a seu enxofre siciliano."

"O senhor não fará tal coisa", resmungou Angus, "ou vai se ver comigo, doutor." E a srta. Potter *corou*.

"Onde está Hob?", perguntei, enquanto saíamos.

"Mais adiante no vale, como garantia da devolução da carroça e dos animais." Hob valia três vezes mais do que o par de cavalos de tração presos aos arreios, mas definitivamente não era a hora de reclamar. As duas bestas de pés leves sabiam puxar, isso era certo. A carroça estava cheia de sacos, mas eles não se encolheram, nem mesmo quando nós quatro também subimos. Angus tomou as rédeas.

Para minha surpresa, Aaron se juntou a nós. Angus acenou com a cabeça para ele. Seu rosto era magro e ele parecia tão cansado quanto o resto de nós.

"Vamos envenenar o lago", informou Denton, sem rodeios.

"Ah, é?"

Fechei os olhos enquanto Denton explicava sobre uma doença fúngica no lago que causava loucura. Era uma explicação tão boa quanto qualquer outra, e próxima da verdade.

Aaron pensou um pouco. "Não me surpreende, senhor. Sabemos que o lago não presta desde os tempos do meu avô."

"Você e Mary precisam tomar cuidado", disse Denton, em tom cauteloso. "A doença pode ser espalhada quando alguém toma a água do lago."

Pude ouvir a descrença na voz do homem.

"Ninguém bebe *dessa* água, senhor."

Denton fez uma pausa. "Mas na casa...?"

"Tem um poço. Um bem profundo."

Virei o rosto para que ninguém visse as lágrimas de alívio caindo por ele.

Angus e a srta. Potter ficaram em silêncio quando chegamos às ruínas. A fumaça ainda se erguia dos destroços em nuvens finas. O lago estava silencioso, enganosamente plácido.

Pegamos os sacos. O pó atingiu a superfície da água e, por um instante, temi que não fosse afundar, mas então observei os grânulos começarem a assentar e se misturar com a água, formando redemoinhos escuros que afundaram mais e mais no lago.

Eu tinha me virado para pegar um segundo saco quando um fulgor verde se acendeu ao nosso redor. Vi o brilho na lateral da carroça, e os cavalos impassíveis recuaram com o susto. Angus se moveu para afagar suas cabeças com murmúrios tranquilizadores.

"Ouso dizer que isso sabe que está sob ataque", murmurou a srta. Potter.

"Hum", disse Aaron.

O lago ardia com uma luz doentia. Formas pálidas e gelatinosas pulsavam nas profundezas, mas não tinham o poder de nos alcançar. Joguei mais um saco, e depois outro, minhas mãos cobertas com o material. Mal podia esperar para o lago morrer. Até me atrevi a caminhar pelo passadiço, entre as pedras rachadas que ainda irradiavam calor, e jogar punhados na água o mais longe que pude. *Ai, Deus*, pensei, *será que vai ser suficiente?*

Aos poucos, bem aos poucos, a luz diminuiu. Virei-me para pegar outro saco, mas Angus me deteve. "Nós usamos tudo", disse ele.

"Precisamos de mais."

"Não, olhe." A srta. Potter apontou. A luz estava quase sumindo. Enquanto observávamos, ela pulsou mais algumas vezes, e então... nada.

Esperamos por mais de uma hora enquanto o sol se punha, e não houve mudança. Nenhum brilho surgiu da água. As formas gelatinosas desapareceram na escuridão e, por toda a parte, havia um cheiro forte de algo queimado.

"Acabou?", sussurrei.

Ela assentiu para mim, aquela excelente e severa mulher com um coração de leão. "Acredito, tenente, que acabou."

"Vou ficar de olho", ofereceu Aaron. "Se houver mais luzes, faremos o que for necessário."

"Tudo bem", concedi. Minha voz soava rouca e áspera em meus ouvidos. "E se vir alguma lebre... ou algum animal beber a água... atire nele e queime o corpo. É importante."

"Sim. Pode deixar." Ele estendeu a mão e agarrou meu antebraço. Eu me perguntei o quanto minha aparência devia estar horrível para ele tentar confortar a mim quando sua casa era uma ruína fumegante atrás de nós.

Então partimos e deixamos para trás o lago funesto e as cinzas fumegantes da casa morta de Usher.

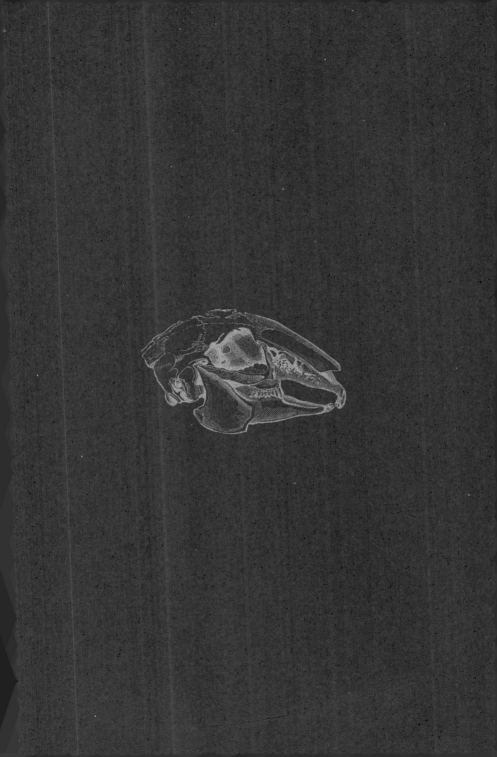

Nota da autora

Então, um tempo atrás, eu estava relendo "A Queda da Casa de Usher", como às vezes acontece quando sua carreira no terror envolve revisitar histórias clássicas. Eu tinha lido quando criança — eu era esse tipo de criança —, mas me lembrava de muito pouco da história.

A primeira coisa que notei foi que Poe gosta *muito* de fungos. Ele dedica mais palavras às emanações fúngicas do que a Madeline.

A segunda coisa é que é curto. Talvez por ser um gigante na paisagem cultural, eu esperava que fosse muito mais longo. Mas não, é curto e, embora muitos sejam os méritos de contar histórias com economia, eu me vi querendo mais. Queria explicações. (Sempre quero explicações.) Eu queria saber sobre a doença de Madeline, por que Roderick não se mudou e por que o narrador não se deu ao trabalho de verificar o pulso de nenhum deles antes de sair correndo e gritando da casa.

Bem, eu não podia fazer muito sobre a falta de verificação de pulso, mas era muito óbvio para mim que a doença de Madeline devia ter algo a ver com todos aqueles fungos que tomavam conta de tudo.

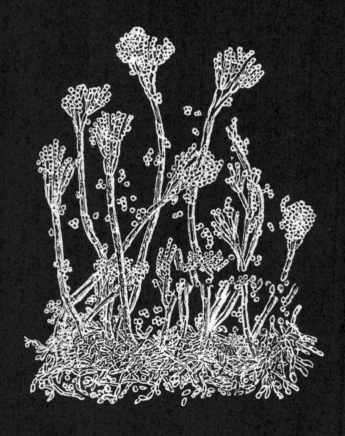

Abri uma página em branco e comecei a escrever sobre cogumelos e, de repente, Alex Easton estava bem ali, conduzindo seu cavalo e encontrando a tia fictícia de Beatrix Potter (que era uma notável micologista). Tento não falar demais sobre o meu processo, temendo que isso vá terminar em suspiros, desmaios e declarações enigmáticas sobre Musas, mas a verdade é que de vez em quando um personagem apenas surge completamente formado em meu crânio, como se apenas estivesse esperando por sua deixa. Foi assim com Easton.

É uma bênção contraditória quando isso acontece. É um deleite para o escritor, mas tais personagens tendem a envolver toda a narrativa em torno de si. Felizmente, Easton se comportou bem — com exceção de suas opiniões fortes sobre americanos — e, muito gentil, ka trouxe a história da Galácia consigo.

Por muitos anos, romance ruritânio foi um marco do gênero, a história de uma pequena monarquia europeia fictícia, que floresceu com *O Prisioneiro de Zenda*. (Ironicamente, Easton poderia ter lido *O Prisioneiro de Zenda*, já que as conquistas científicas em *A Queda da Casa Morta* localizam a história na década de 1890 com bastante solidez.) Mas estou muito menos interessada em monarcas do que em soldados exaustos e pessoas desesperadas presas em casas em ruínas. Então, embora o nome Ruravia seja uma referência a esses antepassados ilustres, não sei se o livro pode se encaixar nessa grande tradição ou se eu estou apenas mais para o lado, dando um aceno respeitoso.

Bem, segui em grande estilo por cerca de dez mil palavras, descobrindo o zumbido de Easton, as gafes sociais de Denton, o declínio de Roderick, os soldados juramentados e os nabos galacianos esculpidos, e então, por acaso, li o magnífico romance *Gótico Mexicano*, de Silvia Moreno-Garcia, e pensei: "Ai, meu Deus, o que eu poderia fazer com fungos em uma casa gótica em ruínas que Moreno-Garcia não fez dez vezes melhor?!" e enfiei tudo em uma gaveta virtual e fui afogar as mágoas na bebida. (Sério, largue este livro e vá comprar *Gótico Mexicano*. Então pegue este de novo, é claro, Deus nos livre de alguém não terminar de ler a Nota da Autora, mas não deixe de colocar *Gótico Mexicano* na sua lista de leitura primeiro.)

Mas.

Enfim.

Como os escritores costumam dizer uns aos outros: "Sim, isso já foi feito antes, mas *você* ainda não fez". Easton estava *bem ali* e era uma mistura maravilhosa de esnobismo de fins do século XIX e coragem, cansaço do mundo e discernimento. Além disso, meu fungo era diferente, caramba, porque, como um amigo disse uma vez no Twitter, o problema com muitas histórias de "fungos que dominam o cérebro" é que as interfaces são completamente incompatíveis, então comecei a pensar em como um fungo inteligente lidaria com isso. Como seria na primeira vez que você se desse conta de que essas criaturas que você está manipulando se comunicam não por algo sensato e direto, como mensagens químicas ou mesmo fotóforos, mas forçando o ar pelas cordas vocais e modulando o fluxo de ar?

Receptores de luz em esferas de fluido fechadas, ok, não é tão estranho, mas e quando tudo parece ao contrário e de cabeça para baixo e você precisa descobrir como desvendar essa codificação?

Bom Deus. Você teria que ser um gênio para entender tudo isso. Um gênio com muito tempo livre.

Claro, o interessante com os fungos é que a maioria de suas células é indiferenciada, então se a maioria das células fosse composta de células cerebrais... você poderia acabar com um cogumelo muito inteligente... e se passasse alguns séculos praticando com a fauna local...

Com toda a sinceridade, fico um pouco triste por eles terem precisado matar o lago. Sei por que tiveram que fazer isso, mas parte de mim diz: "Mas e se você pegasse uma lebre, usasse uma sala limpa e cultivasse o fungo lá? Não poderia aprender a se comunicar? Fazer amigos? Não é maligno; não tem como saber que humanos odeiam com todas as forças quando você faz coisas mortas andarem por aí...". Mas com a tecnologia disponível em 1890 e a parte do horror atávico, bem... não posso culpar ninguém, na verdade.

(Devo acrescentar que no brilhante romance de *Star Trek* de John M. Ford, *How Much for Just the Planet?* [Quanto custa só o planeta?], um personagem que está discutindo a versão cinematográfica de "Usher" diz o seguinte: "Afunda no lago escuro, na verdade, mas nunca há um lago quando você precisa de um". Jamais esqueci essas palavras.)

Mas enfim! Vamos aos agradecimentos! Muito obrigada às minhas editoras Lindsey Hall e Kelly Lonesome, que me ouviram dizer: "Não sei, tenho trabalhado em

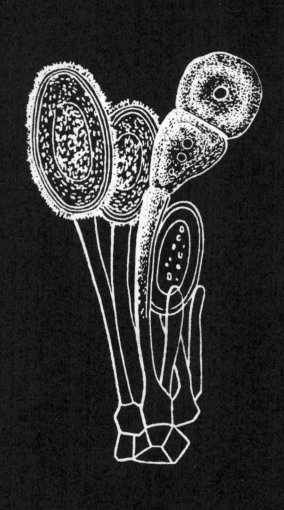

uma coisa com 'Casa de Usher' e fungos malignos?", e elas praticamente entraram pelo telefone para tomar o livro das minhas mãos; à minha agente, Helen, que providenciou o telefonema em questão, além de todas as outras coisas que ela faz para que eu possa escrever em paz; ao meu amigo Shepherd por sua leitura beta e seu "Ficou legal, mas também: qual é o seu problema!?"; e à dra. Catherine Kehl, que me ajudou a debater várias ideias sobre macroalgas e a natureza do lago que eu gostaria de ter colocado no livro. (Havia biofilmes em uma esteira de fungos sobrepondo simbioticamente uma macroalga, e os biofilmes formavam camadas e crênulas, funcionando como um cérebro com sinais eletroquímicos! Era muito legal! Mas ninguém em 1890 saberia dessas coisas! Uma pena.)

E, claro, como sempre, agradeço a meu marido, Kevin, que é o melhor em me encorajar quando chego àquela fase do livro em que não sei mais se algo presta e estou convencida de que envergonhei meus ancestrais para sempre. Amor maior não terá nenhum cônjuge.

T. Kingfisher
Julho de 2020
Pittsboro, NC

T. Kingfisher escreve fantasia, terror e bizarrices, incluindo *Nettle & Bone*, *A House with Good Bones* e *A Queda da Casa Morta*. Por suas obras, foi agraciada com prêmios como o Hugo Award, o Nebula Award e o Locus Award. Mora na Carolina do Norte, Estados Unidos, com seu marido, cachorros e galinhas que podem ou não estar possuídos.

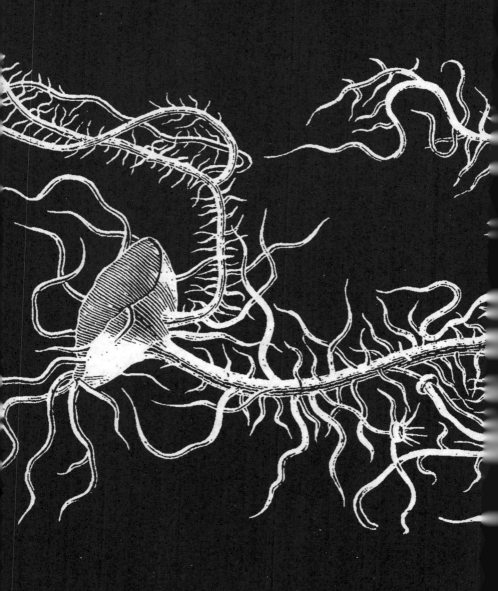

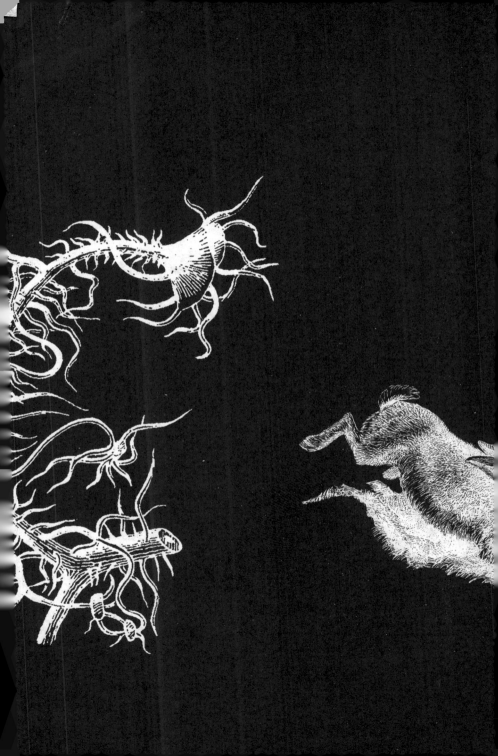

DARKLOVE.

*E em seu palácio agora
Dentro e fora devastado
O fulgor florescente de outrora
Queda-se ali, sepultado.*
— EDGAR ALLAN POE —

DARKSIDEBOOKS.COM

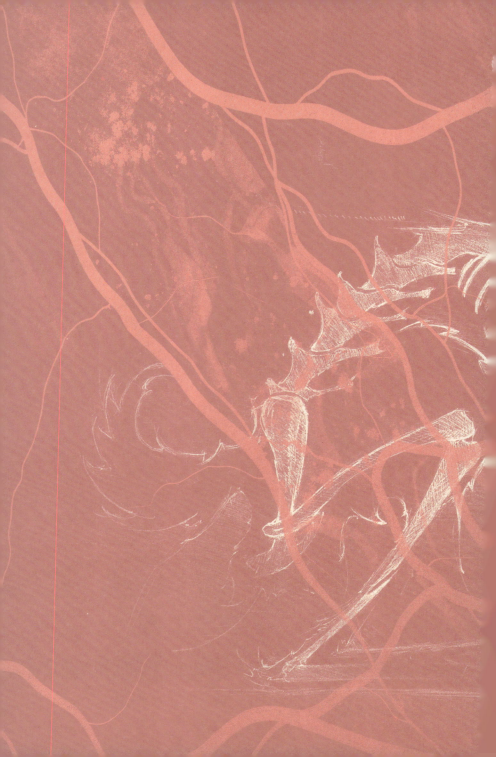